# スリルはいらない!?

成田空子

社花丸文庫

スリルはいらない!?　もくじ

イラスト／明神《みょうじん》　翼《つばさ》

# スリルはいらない!?

# 1

「冬休みのバイトは校則違反だよ、すなおちゃん」

女の子の勘は恐ろしい――。

私立姉崎《あねざき》高校2年A組の不二丸直《ふじまるすなお》は、冬休みになったとたん、学校にも家族にも内緒でバイトをしていたのである。

誰にも見つからないように、家をこっそりと抜け出してきたはずなのに、どうしてバレてしまったんだろうと、直は首を傾げずにはいられなかった。

夜のバイトをしていることだけでなく、バイト先までバレてしまっているらしい。なんとか振り切ろうと必死に走ったのに、どうしても振り切れない。このままでは、バイト先のコンビニまで追いかけられてしまいそうだ。

十二月の寒々とした夜だというのに、全速力で走ってきたせいか、ダッフルコートの下は汗がダラダラと流れ落ちていた。

直はゼーゼーと息を切らしながら、キブアップとばかりに足を止めた。

「逃がさないわよ。どこまでだって追いかけて行くから。覚悟しなさい」

まだまだ体力に余力のありそうな声が、直の背中にグザリと止めを刺した。

やっぱり、女の子は恐ろしい——。

思わず心の中で舌を巻きながら、観念したように渋々と振り返った。

「見逃してくれよ、古都子《ことこ》。今月の小遣い、大ピンチなんだ」

「泣きついてもだめよ、すなおちゃん。生徒会長として校則違反を見逃せないわ」

ひっそりと静まり返った夜の公園に、容赦《ようしゃ》のない叱《しか》り声が響き渡った。

直を追いかけてきた少女の名前は、鳥居《とりい》古都子。

襟元と袖口に暖かそうなファーが付いた白いコートを着ていたが、寒くないのか、コートの下はミニスカートで素足である。

公園の前を通りがかった帰宅中のサラリーマンたちが、思わず振り返って見ていくほどの美少女だ。

「ここは学校じゃないぞ」

「幼馴染みとしても、見逃せないわ」

美人でしっかり者の古都子は、直の自慢の幼馴染みである。

学年トップの成績で、歴代初の女子生徒会長。長い黒髪が印象的な大和撫子《やまとなでしこ》系の美少女で、男子生徒だけではなく女子生徒にも絶大な人気があり、教師陣からの信頼も厚い。努力家で責任感が強く、そのうえ優しくて世話好きである。

同い年なのに年下扱いされ、まるで子供のように叱られていた直のほうはというと、顔も性格もまるっきりのお子様で、身長もそこそこ、勉強は落ちこぼれ、元気だけが取り柄のやんちゃ坊主である。

ちなみに、直は一人っ子だが、古都子には双子の兄がいる。

名前は、鳥居世津《せつ》。

二卵性だが顔はそっくりで、当然、世津もうっとりするほどの美形である。しかも、容姿だけでなく頭脳もイヤミなほど完璧で、わずか十四歳で将棋のプロ棋士になり、高校生ながら大人の棋士に交じって大活躍をしていたりする。

古都子と世津。

幼馴染みの鳥居ツインズは、直の大切な家族でもあった。

家が隣同士の不二丸家と鳥居家は、家族ぐるみの付き合いを続けているので、直と古都子と世津は兄弟のように育ったのである。

――が、しかし。

まるで三つ子のように育ったせいで、古都子には隠し事ができなかった。

塾の夏期講習に参加するから。そう言って、まんまと両親はダマせたのに……。古都子には直の不届きな行動はバレバレだったようだ。

たぶん、世津にもバレているはずである。

でも、そこは同じ男同士。せっかくの冬休みなのに、遊び回るどころか、小遣いを大幅ダウンされてしまった直に同情して、目をつぶってくれたのだろう。

世津の男の友情に、ありがたく感謝した。

けれど、直と古都子の間には、当然のことだが、男の友情は成り立たなかった。

「バイトのこと、おば様やおじ様は知っているの？」

古都子にそう問い詰められて、直は小さく首を振った。

もちろん、心配性の両親がバイトを許可してくれるはずがないので、なにも話していない。直が勝手に決めてしまったことだ。

だから、夕食後に自室にこもってマンガ本を読んでいるフリをしたり、パソコンゲームをするフリをしたりして、毎晩こっそりと家を抜け出していたのだから……。

「なんで古都子にバレちまったんだ？」

直は独り言のようにつぶやいた。

とたんに、推理小説マニアな美少女の唇から溜め息が洩れる。

「目撃者がいたのよ」

「えっ？」

「すなおちゃんのお友達の警部さん」

「古葉《こば》のオッサンのことか？」

「そうよ」

たしかに知り合いだが、相手は警視庁捜査一課の敏腕警部、高校生に友達呼ばわりされたら、さすがに可哀想だろう。

——が。直は悪びれもなく、オッサン呼ばわりまでしている。

古葉源三《げんぞう》警部と知り合ったのは、直が巻き込まれた事件絡みだった。スポーツも勉強も苦手な落ちこぼれだが、好奇心が旺盛で怖いもの知らずな直と、下町育ちの江戸っ子警部とは、どこか妙に馬が合うらしい。

年齢差は二十三歳。

親子ほど年の離れた二人だったが、友情と信頼は、立派に成り立つのである。

「古葉警部が事件の張り込み中に、隣町のコンビニで店員をしているすなおちゃんを見たそうよ。アリバイは崩れたわね」

将来の夢は推理小説家という、探偵気取りの古都子が、

『真犯人はあなたね！』

とばかりに、直に向かって人差し指を突き付けた。

（あのな、古都子。アリバイっていうのは不在証明のことで、この場合、おまえの使用方法は間違っていると思うぞ）

ミステリー好きの父親の影響で、子供の頃から推理小説を読みまくっていた直は、そう忠告してやろうと思ったが、さらに古都子の機嫌を損ねてしまいそうだったので、あわてて自分の口を塞《ふさ》いだ。

「証拠はそろっているのよ。観念しなさい、すなおちゃん」

「なんだよ、証拠って？」

「誰にも気づかれないように部屋から脱走するつもりなら、靴の隠し場所はもっと考えたほうがいいわ。窓から吊るしておくだけでは、向かい合わせの私の部屋から丸見えよ。それに、部屋から抜け出すときに使ったロープも、ちゃんと回収してからバイトに行かないと、二階の部屋から抜け出したのがバレバレだわよ」

「ううっ……」

次々とあがる指摘に、直が呻いた。

要領が悪いというより、ずぼらな性格なのだ。

「それから――」

「まだあるのかよ」

直がうんざりした声をあげる。

負けず嫌いでやり手の生徒会長は、なかなか手厳しかった。

「居留守を使うなら、携帯電話の対策もちゃんと考えておきなさいよ」

「ケイタイ……?」

「だって、絶対に変だもの。毎晩決まった時間だけ電話に出ないし、メールを送っても返信がこないなんて……。怪しすぎるわよ」

わざわざ確かめる気はなかったが、おそらく、バイトの真っ最中を狙ったかのような膨大な着信履歴とメールの数々は、疑惑を持った古都子からのものだったのだろう。自分の携帯電話からではなく、公衆電話を利用したり、世津の携帯電話を借りたりしているところが、さすがに抜け目がない。

思わず感心している直に、古都子が呆れた溜め息をついた。

「すなおちゃんってば、肝心なところでツメが甘いんだから」

しっかり者の古都子にとって、どこか子供っぽくて世話の焼ける直の存在は、母性本能をくすぐられるのだろう。高校生になった直を、『すなおちゃん』と子供の頃からの愛称で呼ぶのは、その影響かもしれない。

「バイトは校則違反よ。素直に白状しなさい」

幼馴染みの少女の顔は、気が付けば、しっかりと生徒会長の顔になっていた。

どうしようかと、直はアタフタとうろたえた。

(やばいじゃん、俺……っ!)

よりにもよって、こんなに早く、古都子にバレてしまうなんて――。

しかも、直の母親と古都子は、実の親子のように仲良しさんなのである。彼女に告げ口する気がなくても、母親に報告されたら、バイトはやめさせられてしまうだろう。

バイトをはじめてまだ三日目。

まだまだ軍資金は足りない。

「冬休みの間だけだから。見逃してくれよ、生徒会長さま」

真面目《まじめ》で融通の利かない優等生に向かって、直はひたすら拝み倒した。

情けなくペコペコと頭を下げる。

古都子を振り切って逃げられなかった直が、次に取った手段は、泣き落としだった。

「頼むよ。一生のお願いだから、見逃してくれ」

「聞きあきたわよ、そのセリフ。すなおちゃんの一生は何度もあるみたいね」

たしかに、古都子の言うとおり。姉崎高校きっての問題児である直が、授業をサボって教室を抜け出すたびに、古都子に言ってきたセリフである。言われるほうも聞きあきただろうが、言うほうだってさすがにマンネリ感を覚えてきた。

が、しかし——。

このまま追い駆けっこを続けたとしても、スポーツ万能な古都子との勝負は目に見えていた。情けないことだが、学力だけでなく運動神経や体力でも古都子に劣っていた直には、たとえ聞きあきたと言われようとも、こうするしかなかったのである。

「三ヵ月間も小遣いカットだぜ。可哀想な俺にちょっとは同情してくれよ」

「だって、それはすなおちゃんのせいでしょ？　期末テストの赤点を隠しておくから、おば様が怒ってしまったんじゃない」

呆れたように溜め息をつきながら、古都子が言った。

俺だって取りたくて赤点を取ったわけじゃないぞ。と、ちょっぴりふて腐れ気分になった直である。ちなみに、鳥居ツインズは学年トップ5の常連組だ。

「悪かったな、赤点ばっかりで。しょせん、優等生の古都子には、落ちこぼれの気持ちはわかんねーよな」

どうやら、開き直ることにしたらしい。

もともと童顔なのに、スネたようにプウと頬を膨らませた直は、どこからどう見てもお子様だった。とても十六歳には見えない。

そんな駄々っ子を見つめながら、古都子が困ったように溜め息をついた。

「お正月までがまんしなさいよ。そうしたら、お年玉がもらえるんだから」

「そのお年玉も没収されちまうんだよ」

「没収？　おば様ってば、徹底してるわね」

呑気に感心なんかしてくれるなよと、直は心の中でクスンと泣いた。

高校生にとって、お年玉といったら一年間で最大の収入源である。

三ヵ月間も小遣いをカットされたうえ、楽しみにしているお年玉まで没収されてしまっては、直には死活問題だったのだ。

財布の軽さに涙があふれてくる。

「とりあえず家に戻りましょう。バイトの件は、おば様たちと相談して――」

「ちょっと待ったぁぁぁ!」

古都子の言葉を遮るように、直が大声を張り上げた。

作戦というよりは、一か八かの勝負にでたのだ。

「いきなり大きな声を出さないでよ、すなおちゃん」

ビックリしたのか、古都子は両耳を塞いでいる。

直が唯一、頭がよくてスポーツ万能で美少女な古都子に勝てるとしたら、大きな声とずる賢さしかないかもしれない。

「神谷《かみや》さんの隠し撮りナマ写真」

「えっ?」

その名前を聞いたとたん、古都子の表情が変わった。

直の予想どおりの反応だった。

古都子の目のキラキラ度からすると、予想以上の食いつき方かもしれない。

「いま神谷さんって、言った?」

「言った」

今度はあからさまに、古都子の目の色が変わった。

真面目で優等生な生徒会長も、やっぱり恋する女の子。

いまがチャンスとばかりに、直は切り札のカードをズラリと並べてみせた。

「良平《りょうへい》が撮った隠し撮り写真。プラス、古葉のオッサンから聞き出した、神谷さんの非番の情報でどうだ？」

古葉警部の一人息子である古葉良平は、直に懐いている可愛い後輩。そして、古葉警部の上司である神谷警視は、誰にもナイショだが、直の恋人だったりするのだ。

名前は神谷義一《ぎいち》。

二十八歳という若さで警視になった、キャリア組のエリート警察官である。

大学在学中に司法試験に合格した知性派で、犯罪心理学の専門家であり、数カ国語を自在に操る語学の天才でもある、日本警察屈指の頭脳の持ち主だ。

身長一八三センチ。独身。

北欧系の整った顔立ちに、知的な銀縁メガネ。

高給取りの国家公務員。

性格だけでなく、その容姿も、仕事の肩書さえも、イヤミなほどにすべてがパーフェクトな神谷である。女子高生があこがれるのは当然のことかもしれない。

「神谷さんの隠し撮り写真……？」

心なしか古都子の声がルンルンと弾んでいる。語尾の疑問符が、なぜかハートマークに聞こえてしまったくらいだ。

「そう。欲しくないか？　悪い取引じゃないと思うぜ」

「卑怯《ひきょう》よ、すなおちゃん。私を買収するなんて」

古都子が泣きそうな顔で不満を訴えてくる。

(卑怯で結構だ。貧乏よりはマシだもんな)

と、小悪魔な直はそう思った。

古都子の口を塞ぐことができれば、バイトを続けることができるし、冬休みを乗り切るだけの資金を稼ぐことができるのだから。

それに、美人なのに未だに彼氏のいない古都子はすっかり忘れているが、冬休みに入ってすぐ、クリスマスという最大のイベントがあるではないか——。

バイト代はいくらあっても足りないくらいだ。

「なんだよ。古都子は欲しくないのか？」

「欲しいけど……。でも、なんですなおちゃんが、神谷さんの隠し撮り写真を持っているの？　それに、神谷さんのスケジュールまで」

「べ、別に……いいじゃんか、そんなこと……っ！」

勘の鋭い古都子にそう突っ込まれて、直は思わず動揺してしまった。

神谷とは恋人同士だから――。

まさか、なにも知らない古都子に、そんなことは絶対に言えない。

神谷との関係は、誰にも秘密の極秘事項だったから――。

そんなエリート警視と直が、男同士なのにとっても恥ずかしい関係になってしまったのは、とある事件絡みだったのだが……。もちろん、策略家の神谷警視が最初から、事件のどさくさに紛れてエッチをしようと目論《もくろ》んでいたことに、直は気づいていなかった。

神谷は直の父親と同じ大学の後輩で、いつも非番のたびに、足しげく不二丸家に通ってきて、プロ棋士である直の父親と囲碁を打っているが、神谷が本当に対局したい相手は、直のほうだったのである。

かつて神童と呼ばれた天才少年は、いまは三年生への進級さえ危うい落ちこぼれ高校生になっていたのだが……、それでも神谷の興味は直にずっと向けられ続けてきた。

そうして気が付けば、囲碁の勝負ではなく、恋の勝負をしていた直だった。

意地悪だし、わがままだし、強引だし、イヤミばっかり言うし、チェーンスモーカーだし……。それに、真面目なエリート警視のくせにエッチだし……。

そんな神谷がどうしても嫌いになれないのだから、自分の好みを嘆きたくもなる。

そうは言っても――。

年上の恋人と付き合ってはいても、直はまだまだお子様だったのである。

だから、神谷にあこがれている古都子を買収するために、なんの悪びれも後ろめたさもなく、平然と自分の恋人を売るようなことをしてしまうのだ。

もしも神谷が知ったら、

『私をそんなに安く売らないでください』

と、嘆くよりも先にイヤミを言うかもしれないが……。

「やっぱり校則違反は見逃せないわ。これでも私は生徒会長なんだもの。それに、二学期の成績がクラス最下位だったすなおちゃんは、冬休み中はずっと、神谷さんちで勉強合宿のはずよね？」

直の行動パターンを知り尽くしている幼馴染みは、さすがに手ごわかった。

美味《おい》しいエサにも、なかなか釣られてくれない。

「最下位じゃない。まだ下に一人いるよっ！」

「どっちにしても情けない順位よね」

「悪かったな。情けないビリ争いで……。それに、勉強合宿は五日間だけだよ」

直の最悪な通知表を見て激怒した母親が、T大法学部を主席で卒業した神谷に家庭教師を頼んだのだが……。神谷のマンションに五日間も泊まり込んだりしたら、勉強合宿ではなくエッチ合宿になだれ込んでしまうのは、わかりきったことだった。

しかも、神谷にバレずにバイトするのは難しい。

いっそのこと古都子を共犯者にしてしまえば、なんとかなるかもしれない。

そんな打算が、直の頭の中を横切った。

「よし。それなら、嫌がる神谷さんを無理やりゲーセンに連れ込んで撮った、プリクラも付けてやるから」

「神谷さんのプリクラ……。キャァ～☆」

なんの想像をしたのやら。

アイドルに夢中になっている女子高生のように、目をキラキラと輝かせながら、恥じらうように頬を赤く染めていたりする。

そんな恋する乙女の古都子を見て、直の胸がちょっぴり痛んだ。

「神谷さんのプリクラ……」

うっとりした声で再びつぶやく。

かなり心を揺り動かされているようだ。

「ち、ちょっと待って。すぐに相談してみるから」

「はあ？」

いったい誰に、なんの相談をするつもりなのか。

古都子はあわててコートのポケットから携帯電話を取り出すと、手慣れた調子でピピピッとメールを打ち込んで送信し、直の目から隠すようにクルリと背中を向けて、相手からの返信を待った。

「誰に連絡してんだよ」

「すぐに返事がくるから、待っててね」

古都子はそう言って、にっこりと微笑《ほほえ》んだ。

その可愛らしい笑顔が、なかなかのくせものなのだ。

用心したほうがいいかもしれないな。そう思った直だったが、警戒する間もなく、古都子の携帯電話がメールの着信を知らせてきた。

「返事がきたわよ、すなおちゃん」

メールを読んだ古都子が、うれしそうな声で話しかけてくる。

「だから、誰からだよ」

「おば様」

「げげっ……!」

メールの相手を聞いたとたん、直は頭を抱え込みたくなった。

どうりで、嫌な予感がしていたはず……。

「おば様も欲しいそうよ」

「えっ？」

「もちろん、神谷さんのプリクラ」

「それってもしかして……」

「バイトの許可が出たわよ。ただし、冬休み中だけだって」

思わず、直は両手を上げてバンザイをしていた。

あの母親がよく許してくれたものだ。

(さすが神谷さん。たいしたもんだよ。女子高生だけじゃなく、主婦までメロメロにさせちまうなんて――っ!)

と、思わず直は心の中で感心した。

――が。

ちょっぴり複雑な心境だった。

さすがの直も、自分の母親や幼馴染みの少女に、嫉妬《しっと》なんかしたくなかったから。

「あら。二通目のメールが届いたわよ」

「なんだって?」

自分の母親の性格は、息子である直がいちばんよく知っている。

京都生まれのお嬢様育ちで世間知らずだが、怒らせると怖いし、主婦のくせに武道のたしなみまであるし……、なかなかしたたかな母親なのである。

にっこりと綺麗な笑顔を浮かべながら、古都子が母親からの追伸を直に伝えた。

「神谷警視のサイン付きにしてほしいそうよ」

女の煩悩《ぼんのう》って恐ろしい――。

それが、直の素直な感想だった。

## 2

クリスマスを二日後に控えた真夜中のコンビニで、バイト中の直《すなお》がその不審な客に気づいたのは、店長が店の奥の事務所に仮眠を取りにいった直後だった。

黒い毛糸の帽子を目深に被り、薄汚れたトレンチコートの襟で顔を隠すようにして、雑誌コーナーで立ち読みするフリをしながら、直が立っているレジカウンターのほうにチラチラと視線を投げ付けてくる。

髪の毛はボサボサ。

顎には不精髭《ぶしょうひげ》。

サングラスをかけて、火の付いていない煙草《たばこ》をくわえている。

(むむむ……。怪しいやつめ！)

直は警戒心を強めて、その不審な男を要注意人物としてマークした。

クリスマスや年末が近づいてくると、お祭り頭になったバカ者どもが多くなり、暴れる酔っ払いや万引き少年の事件が多発するらしい。直が冬休み中に短期バイトをすることになった二四時間営業のこの店も、少なからずの被害を受けていた。

一応、直の年上の恋人は警察官である。

しかも、どういうわけか直の知り合いには、警視庁の叩き上げ警部や、所轄署の美人な女署長さんや、元FBI捜査官という正体不明の変態外人とか……、なぜか警察関係者がやたらと多かった。

だからといって、正義のヒーローを気取るつもりはない。

テレビのヒーローではないので、凶悪な宇宙人から地球を守っても、怪人からご近所の平和を守っても、給料がもらえるわけではない。泣きたくなるほど貧乏な直にとって、正義のヒーローに変身している場合ではなかったのである。

駐車場に座り込んで女の子をナンパしているヤンキー兄ちゃんや、大声で演歌を歌いまくる酔っ払いオヤジや、三時間もねばってアイドルの写真集を立ち読みしているオタク系は、別にどうでもいいことだった。

多少は目障りに思うが、店の売上げに損害はない。

それに、警察に突き出しても、一銭にもならないし……。

――が、しかし。

万引き犯は絶対に許すことができなかった。

（もし店が赤字で閉店したら、俺のバイト代はどうなるんだよ――っ!）

直は心の中で絶叫した。

給料日まではなんとしても、うちの店で万引きなんかさせるもんかと、力を込めてグッとこぶしを握り締める。

(うむむ……。あの男、ますます怪しすぎるぜ)

直は警戒心をさらに強めた。

疑いたくもなる。

ボサボサの髪に不精髭。どこからどう見ても、その日暮らしがやっとのロクデナシ男にしか見えないのに、立ち読みしているのは英字の経済誌だったりするのだから。

(よし。あいつが尻尾を出したら、俺様がコテンパンにのしてやるぜっ!)

直は指をポキポキと鳴らしながら待ち構えていたのだが、敵もさるもの、なかなか尻尾を出そうとしない。読み終わった経済誌は、コートの下にこっそりと隠し入れられることもなく、元どおりに本棚に戻されてしまった。

(なんだ。ただの立ち読み男だったのか)

ホッと安堵《あんど》したのも、つかの間。

突き刺さってくるような鋭い視線を感じて、直は眉をひそめた。

不審な男の目がサングラスの奥から、直の様子をじっと見つめていたのだ。

まるで行動を監視されているみたいで、不快な気分になってくる。

そのせいではないが、いきなり、

「ヘックション――！」

と、直の口からクシャミが飛び出した。

いまにも雪が降ってきそうなほど冷え込んできたせいか、店内の暖房もあまり効果がないらしい。真っ赤になった鼻を指でこすった。

そのとき、不審者の口元がニヤリと笑った。

直の子供っぽい仕草を見て、火の付いていない煙草をくわえたまま、あざ笑うかのように口元が緩んだのを、直は見逃さなかったのだ。

（笑うなよっ。寒いんだから、しょーがないじゃん）

もともと短気な直は、ついに堪忍袋の緒がブチッと切れてしまった。

雑誌コーナーに向かってズカズカと歩いていくと、挙動不審な男のまえに立ち塞《ふさ》がるように仁王立ちになり、ケンカを吹っかける勢いで相手を唸《うな》りつけた。

「なんなんだよ、あんた。さっきから人のことをジロジロと見やがって……っ！　俺になにか言いたいことでもあるのかよ」

直はかなり不機嫌だった。

名乗ればいいというものではないが、正体不明で挙動不審な相手にじっと見つめられているというのは、気味が悪くてしょうがない。

「なんなら、警察を呼ぼうか？　俺、知り合いに刑事がいるんだ。ちょっとキザでイヤミなやつだけど、警視庁のエリート警視だぜ」

こういうときこそ、神谷《かみや》の肩書が役に立つ。

さすがに、恋人とは言えなかったが――。

直はすぐに一一〇番をする気はなかった。こんなことで神谷を呼び出したら、たっぷりとイヤミを言われるのは間違いない。それに、バイトのこともバレてしまう。

相手の出方をうかがうために、ちょっと脅しをかけてみただけだった。

警察と聞いて、ビビって逃げ出すようならそれでよし。

これで正体を見せなかったら、放っておくつもりだった。

店に被害がないのなら、奥の事務所で呑気にグーグーと寝込んでいる店長を、わざわざ起こすこともないだろう。

さいわい店内には他の客はいない。

真夜中の二時を過ぎれば、自然と客足が遠のくのは当たり前である。たぶん、これから五時くらいまでは客はこないだろう。いつもそうだ。

実は、母親や古都子にナイショでバイト時間を延長していた直だった。

貧乏から脱出するためには、たっぷりと働かなければならない。

しかも、夜間は時給が高かったりする。

――というわけで、深夜から朝方までコンビニ店員をしていた直は、まだ四日しか働いていなかったのだが、自分のシフト中の客足はなんとか把握していたのである。

こんな時間に立ち読みなんて、珍しい。

いいや。こんな時間に客がいるほうが、珍しいことだったのだ。

『年末はやたらと事件が増えちまうから、忙しくってしょーがねえぜ』

と、顎の不精髭をなでながら嘆いていたのは、古葉《こば》警部だった。

ちなみに、古葉が忙しいということは、上司である神谷も忙しいということだ。

直はクリスマスの翌日から、神谷のマンションで勉強合宿をすることになっていたのだが、もしかしたら予定はキャンセルされてしまうかもしれない。

警視庁の警部とコンビニの店長が同じセリフを言っていたので、思わず笑ってしまった直だったが、笑っている場合ではなくなってしまったのだ。

殺人事件だけが事件じゃない。

事件は、ご町内のコンビニでも起きているのだ。

(こいつ何者だよ――!)

直は疑いの眼差しで男を見上げた。

悔しいことに、直より十五センチ以上も長身である。身長だけでなく、腕力さえも、相手のほうが勝っているようだ。体格差を比べると、まるで大人と子供だった。

――が、直はビビらなかったし、怯みもしなかった。

どうやら、好奇心のほうが強かったらしい。

(やっぱ怪しすぎるぜ、このオッサン。身なりはボロボロに薄汚れているくせに、どうして靴だけピカピカの高級品なんだよっ?)

直はすぐさま、長身の男の違和感を探し当てた。

落ち着きがないように見えて、案外と洞察力が鋭かったりする。

ところが――。

カツ、カツ、カツ……。

と、その違和感の原因であるピカピカの靴が、直に向かって一歩また一歩と、ゆっくりと迫るように近づいてきた。

(や、やば……っ!)

さすがの直も自分の命は可愛い。

しかし、クルリと背を向けて逃げようとした直は、男にシャツの襟首をつかみ上げられ、あっさりと捕まってしまった。

「離せよっ。俺は猫じゃないってば……っ!」

野良猫のようにジタバタと暴れる直の頭上から、深い溜め息が落ちてきた。

「やはり君でしたか、不二丸《ふじまる》くん」

聞き覚えのある声に名前を呼ばれて、直はキョトンとした。

「まだわかりませんか？　私ですよ」

「えっ？」

「薄情な子ですね、君は。ちょっと変装しただけで、恋人がわからなくなるなんて」

男が不満を洩らしながら、ゆっくりとサングラスを外した。

毛糸の帽子がパサッと取られ、長いコートが床に脱ぎ落とされる。

「神谷さん……っ？」

直は驚きの声をあげた。

変装を解いて現れたのは、警視庁のエリート警視だったのだ。

「ホントに神谷さん？」

「ええ。私ですよ」

それでもまだ疑っている直に、神谷は苦笑しながら頷くと、ボサボサの髪を素早く手櫛《てぐし》で整え、顎に描かれた不精髭をハンカチで拭き取り、愛用の銀縁メガネを取り出して装着すると、いつもの笑顔で直に笑いかけてきた。

「なんで？　いままでは別人だったのに……？」

なおさら直の頭はパニックってしまったようだ。

まさか、不精髭がハンカチで綺麗に拭き落とされてしまうとは、予想もしなかったことだったから……。

神谷はメガネ越しに知的な目をキラリと輝かせた。

「変装ですよ。科捜研の知人に協力してもらいました」

科捜研というのは科学捜査研究所。事件を科学的に分析している専門機関である。その専門知識を使えば、本物そっくりの不精髭を描いて他人に変装させることくらい、造作もないことなのだろう。

——が。

自分と同期の警視庁のエリート警視に、年下の恋人の素行調査の手伝いをさせられているとは、科捜研の知人もさすがに知らなかっただろうが。

「さすが警視庁。完璧な変装じゃんか——っ！」

と、直は感嘆の声をあげた。

毛糸の帽子とサングラスとコートと不精髭。たったそれだけのアイテムで、顔見知りどころか肉体関係まである直の目をあざむいてしまったのだ。

「すごいリアルな不精髭だったよなぁ～」

直はしきりに感心しながら、変装を解いた神谷をジロジロと見つめた。

感心せずにはいられない。さっきまでは、どこからどう見ても、その日暮らしの小汚い不労者のオヤジだったのに……。

これで新品の靴さえ履《は》いていなかったら、直はなんの疑問も持たずに、神谷にあっさりとだまされていただろう。

直がそう言うと、

「さすがですね、不二丸くん。やはり靴に気づきましたか」

と、神谷がフッと口元を緩めた。

直の秘めた才能を買っている神谷としては、直が違和感を見逃さずにちゃんと指摘してきたことが、うれしかったようだ。

「古葉くんに帽子とコートを借りたのですが、靴はサイズが合いませんでした」

「オッサンのだったのか」

どうりで、変装とはいえ、神谷の趣味から外れていたはずだ。

そう言われてみれば、着古しのヨレヨレのコートに見覚えがあった。刑事になったときの初給与で買った記念のコートなのだと、古葉が感慨深そうに言っていたのを、直は思い出した。かなり薄汚れたコートだが、叩き上げ警部の汗と執念が染み込んでいるのだ。

（よく他人に貸したよな。しかも、あのイヤミ警視に……）

と、直は心の中でつぶやいた。

神谷と古葉は、上司と部下。キャリアとノンキャリア。

事件の捜査のたびにいがみ合っている二人だったが、それはそれで意外とお互いに気が合っているのかもしれない。

「完璧な変装だったよ、神谷さん」

「ええ。別人になりきらないと、恋人の浮気調査はできませんからね」

「げげっ——！」

とたんに、直は情けない声をあげた。

呑気に感心なんかしてる場合ではなかったのだ。

「う、浮気って……？」

「安心しましたよ。古葉くんの早とちりで」

神谷の瞳がメガネの奥で微笑《ほほえ》む。

どうやら、古葉からのタレコミ情報で、直の夜間の行動を見張っていたらしい。そのための変装だったのだ。

古葉は古都子にしゃべってしまったように、神谷にもチクっていたのだろう。

「ところで、不二丸くん」

神谷の意味ありげな猫なで声に、直はゾクリと背筋を震わせた。

怒鳴《どな》られたわけではないのに、無意識に体が竦《すく》み上がってしまう。

「たしか、君の高校はバイト禁止のはずでは？」

「えっと……。これにはちょっとしたわけが……」

直はあせって心臓をバクバクさせた。

自分の恋人ではあるが、警察官でもあることを思い出したのだ。

これはまぎれもなく、現行犯である。

「お願い、神谷さん。見逃してよ」

「どんな理由があるか知りませんが、見逃せませんよ。私は警察官ですから」

「冷たいよ、神谷さん……。俺たち恋人じゃないかっ！」

頼むよーっ。と直は両手を合わせて拝み倒した。

こんなときにしか、神谷のことを恋人と呼べない恥ずかしがり屋の直は、顔を真っ赤にして照れながら、それでも必死に頼み込んだ。

その反面、厄介なやつにバレてしまったなと、心の中で舌を出す。

バレた相手が悪すぎた。

警視庁きってのエリート警視で、その類い稀《まれ》な知識と洞察力は、日本警察はおろか世界の警察機関から熱烈な勧誘を受けている、あの神谷義一《ぎいち》が相手なのだから——。

しかも彼には、美人でナイスバディな少年課の課長が、知り合いにいたりする。

直も何度か会ったことのある時田冴子《ときたさえこ》は、ゴージャス美女なのに武道の達人で、ハイヒールでの回し蹴りが特技だという、したたかでつわものな女刑事だった。

さすがの神谷も、彼女は苦手らしい。

もちろん、神谷が太刀打《たちう》ちできない女刑事に、直が勝てるわけがない。

——が、しかし。

幸か不幸か、神谷は所轄署に通報する気はないようだ。

「では。校則破りの理由を聞かせてもらいましょうか」

「やったネ！　見逃してくれんの？」

「違いますよ。君の話を聞いてから、情状酌量《じょうじょうしゃくりょう》の余地があるか判断します」

「そんなぁ……」

直はガックリと項垂《うなだ》れた。

将来の警視総監候補と呼ばれている知性派で有能なエリート警視が、そう簡単に目をつぶってくれるとは、直だって思っていなかった。……思ってはいなかったが、ひょっとしたら少しは融通を利かせてくれるかもしれないと、ちょっぴり期待していたのだ。

なんてったって直は、神谷の恋人なのだから——。

……が、しかし。

年上の彼氏は、公私混同するほど甘くはなかった。

「さあ、話してください、不二丸くん」

「ううっ……」

直は思わず唸った。

どうしても、理由を言わなければダメなのだろうか……？

古都子にはナイショにしていたが、バイトの理由は、冬休みの小遣い稼ぎのためだけではなかったのである。

でも……。

本人の前でなんて、とっても恥ずかしくて口を開けそうもない。

けれど、ここでバイトを辞めさせられてしまったら、せっかくの計画もすべてムダに終わってしまうのだ。

「どうしました？　やはり私には話せませんか」

「え……？」

「良平《りょうへい》くんには話したそうですね。ケーキまでおごってやって」

神谷からその名前を聞いて、ようやく直は思い出した。

そういえば、部活帰りの古葉良平が偶然この店に買い物にやってきて、口止め料とばかりに、ファミレスで財布が空っぽになるまでおごらされてしまったのである。

「おまえのほうだったのかよ、良平——っ！」

直は嘆くように叫んだ。

古葉は古葉でも、息子のほうだったのだ。

古都子の情報ルートと、神谷の情報ルートは別々だったのである。

どうやら神谷にチクったのは、裏切り者の後輩だったようだ。

「良平のやつ、ケーキを五個も食いやがったくせに――っ!」

「私はそれにチョコレートパフェも追加されましたよ」

神谷が呆れた顔で言った。

高給取りの神谷にとっては、そんなに高い情報料ではなかったのだが、さすがに目の前で、ケーキ五個とパフェをたった十五分でペロリと平らげられては、見ているだけで気分が悪くなってきたに違いない。

(神谷さんって、甘いものが苦手だったよなぁ……)

と、思わず同情してしまった直だった。

お調子者で人懐っこい良平に悪気はなかったとはいえ、ケーキとチョコレートパフェで身売りをされてしまった直としては、かなり複雑な心境だった。

良平が父親の上司である神谷警視にあこがれていたことも、直は知っていた。

それに、良平が『歩くスピーカー』と呼ばれるほどおしゃべり好きだったことも、直の不幸のはじまりだったのかもしれない。

「君の体にゆっくりと話を聞かせてもらいましょうか」

「か、神谷さん……?」

「ちょうど客もいないことだし」

「それって、もしかして……」

直は嫌な予感にビクビクと怯えた。

今夜の神谷は最高に不機嫌そうだった。

穏やかな口調で話しているし、優しい笑顔を浮かべてはいたけれど……、目がちっとも笑っていなかったのだ。

氷のように冷たい瞳が、直をじっと見つめてくる。

機嫌が悪いどころか、かなり怒っているらしい。

「ちょっと待って……。どこに引っ張っていくんだよっ」

「校則違反をする子には、おしおきです」

神谷の口元がニヤリと笑った。

さすがに腕力では勝ち目のない直の体はズルズルと引きずられて、あっと言う間にレジカウンターまで連れてこられていた。客がいなくてよかったと、ホッと安堵するくらい、情けない格好で引きずり運ばれてしまった。

そうして神谷は、直の体を抱き抱えながらカウンターの内側に入ると、そのカウンターの陰に隠れるようにして、あっと言う間に直を床に押し倒してしまったのである。

「神谷さん……っ。なにすんだよーっ！」

「バイトの理由を話したくないなら、話したくなるようにしてあげますよ」

「そ……そんな……」

「気持ちよすぎて、泣きながら自白してくれるはずです」

神谷の声はあくまでも冷静で冷酷だった。

直がパニックを起こしている間に、さっさとズボンを脱がしてしまう。シャツを脱がそうとしたが、邪魔になるコンビニのエプロンに手をかけたまま動きを止め、ふむ……と、なにやら考え込んでしまった。

「エプロン姿の君を犯すというのも、また一興ですね」

神谷のその一言で、直はようやく我を取り戻した。

こんなところで押し倒されるなんて、そんなの冗談じゃない。

客はいなくても、いまはバイト中の身だし、奥の事務所には仮眠を取っている店長がいるというのに――！

「なに考えてんだよ、神谷さん……っ！」

「体に聞くのが一番手っ取り早い方法ですからね。覚悟してください」

「脅さないでよ」

「いいえ。脅しではありません。なにもかも話すまで、手加減しませんからね」

そう言って、神谷は楽しそうに笑った。

「私に隠し事をした罰ですよ」

直はこのときはじめて、神谷が不機嫌になった本当の理由に気がついた。

しかし——。

気づくのが少し遅すぎたようである。

こうなってしまっては、もう誰にも神谷を止めることはできなかった。

真夜中のコンビニは、いきなり危ない場所に変化したのだった。

■　■　■

体中が熱かった。

店内には暖房がきいていたが、真冬だというのに、全身が汗でしっとり濡《ぬ》れている。

「どいて……、神谷さん……っ」

覆《おお》いかぶさっている神谷の体を引きはがそうと、直は必死に抵抗してみたが、長身な神谷との体格差を考えると、容易なことではなかった。

身動きができないほど強くガッチリと押さえ込まれていたので、抵抗すればするほど、体力を消耗するだけだった。

「あまり暴れると手錠をかけますよ、不二丸くん」

「校則違反をしただけなのに、俺を逮捕する気なの？」

「いいえ。この手錠はＳＭプレイ用です」

「なおさら悪いじゃんか――っ！」

思わず叫んでしまい、直はあわてて自分の口を手で塞いだ。

どんなに理不尽なことを言われても、大声で怒ることもできない最悪な状況である。

「やめろよ……っ。奥に仮眠してる店長がいるんだぞ」

直は小声で神谷に訴えた。

レジカウンターと仮眠室は、薄いドア一枚で隔たれているだけである。間近でこんなことをしていれば、ぐっすり寝入っている店長も目が覚めてしまうかもしれない。

「それに、もし客がきたらどーすんだよっ！」

「では、手早く終わらせることにしましょう」

「神谷さんのバカーっ。そういう問題じゃないってば……っ！」

大声で叫ぼうとしたとたん、神谷の大きな手のひらに口を塞がれた。

神谷のハスキーボイスが、直の耳元で甘くささやく。

「静かに。店長が起きてしまいますよ」

その瞬間、ゾクンと体が震えた。

状況は圧倒的に直が不利である。

体の自由だけではなく、声の自由も奪い取ってしまった策略家のエリート警視は、ニヤリと不敵な笑みを口元に浮かべた。

「せっかくだから、店長にも見せてあげましょうか」

「神谷さんの変態っ！」

直は泣きそうな顔で、ケダモノ警視を睨《にら》みつけた。

もちろん、ヒソヒソと小声で……。

「君だって、人のことは言えませんよ」

「俺は変態じゃないよ」

「だったら、これはなんですか？」

いきなり股間のモノを握られて、直は悲鳴をあげそうになった。

なんとかこらえられたのは、とっさに自分の腕に噛み付いたからだった。

「おやおや。こんなにビンビンにしてしまって」

「あんたがいきなり触るから……」

「私が触るまえから、もう勃起していましたよ」

神谷にきっぱりと言われて、直は反論できなくなってしまった。

ちょっと耳元でささやかれただけなのに……。

素直に反応してしまった、自分の体が恨めしい。

「股間がこんな恥ずかしい状態のままでは、バイトは続けられませんね。エロ店員がいると、うわさになってしまいますよ」

「エロ店員って、俺のこと？」

神谷が当然とばかりに頷く。

エロ店員と呼ばれたくはなかったし、変態と呼ばれたくもなかったが、自分でコントロールできない股間の欲望は、どんどん暴走していってしまう。

「また少し大きくなったみたいですね」

「あんたが触っているからだろうがっ。手を離せよ」

「ほら。先端からトロトロと蜜があふれてきましたよ」

「バカぁ……。指でこするなってば……っ」

冷たい床に押し倒されているのに、直の下半身は燃えるように熱くなっていった。

神谷が言ったとおり、股間がこんな状態では、バイトどころじゃない。

「私が抜いてあげましょうか、不二丸くん」

「抜くだけ？」

「いいえ。入れさせてもらいます」

「やっぱり」

予想どおりの返事に、直はどっぷりと落ち込んだ。

──つまり、どっちにしても神谷に抱かれるということだ。

迷っている暇はない。

いくら真夜中だといっても、いつなんどき客が来るかわからないし、店長が起きてくるかもしれないし……。

とにかく、さっさとエッチを終わらせて、とっとと神谷を店から追い払ったほうが得策かもしれないと、直は苦渋の決断をしたのだった。

「入れるのは、一回だけだからな」

「君が協力的ならば、早く終わらせることができますよ」

「わかった。できるだけ協力はしてみるけど、あんまり期待はしないでよ」

その健気《けなげ》な返事に、神谷は満足そうな笑みを浮かべた。

「素直な子は大好きですよ」

再び、狙ったように耳元でささやかれて、直の胸がドキドキと高鳴った。

もう自分ではどうしようもないほど、股間のモノが限界に達している。

「泣くほど、感じてしまっているのですか?」

「見ないでよ。神谷さんの意地悪……っ」

意地悪と言われてよろこぶ人間はいないだろうが、意地悪と言われて楽しそうにほくそ笑む男なら、直の目の前に一人いた。

「もっともっと意地悪をしてあげますよ、不二丸くん」

落ち着いた声で、凶悪なセリフをさらりと言った。

冷静な神谷ほど恐ろしいものはない。

穏やかな笑顔を浮かべてはいたが、その笑顔が、なによりも怖いものだということを、自分の身で経験していた直だった。

神谷が機嫌のいいふりをしていたのは、直の警戒心を解くための策略だったのかもしれない。その内側ではきっと、メラメラと怒りの炎が燃え上がっているのだろう。

「もう二度と、私に隠し事をしたくなくなるように」

メガネの奥の瞳がニヤリと不敵に笑う。

大変なことになっている股間のモノのおかげで、すっかり忘れていたけれど……。

今夜の神谷は最高に不機嫌だったのである。

そのことを、自らの体で知った直だった――。


「あまり時間がないので、急ぎますよ。私はこれからまた警視庁に戻らなければならないので、協力してください」

神谷はそう言うと、床に押し倒していた直の体を腕の中に抱き締め、悔しさに震えている唇に自分の唇を押し付けた。

(警察官のくせに、バイトをサボらせるなよ——っ！)

と、直は不満そうにキッと相手を睨みつけた。

良平から情報を聞き出し、どうしても気になったのか、仕事の途中で抜け出して、直のバイト先に変装までして乗り込んできたらしい。

——が。

相変わらず、エリート警視といえども、事件が多発する年末は、過労死するほど働かされているようだ。

(だったら、エッチなんかしてないで、さっさと戻ればいいのに……)

ごもっともな直の意見だったが、相手はあのケダモノ警視だ。

自分の欲望を我慢するとは思えない。

時間がないと言いながら、あせっているのは直のほうで、神谷のほうは心にも股間のモノにも、まだ充分に余裕がありそうだった。

「不二丸くん、キスができませんよ。歯を食いしばらないでください」

久しぶりの神谷との関係に、かなり緊張していたらしい。

無意識に唇を引き結んでいた直の顎に手をかけ、口を大きく開かせると、神谷は自分の熱い舌をその中へと差し込んだ。

「ん……あっ……」

今度は、いきなりの大人のキスだった。

口腔を嬲《なぶ》られ、舌を絡め取られ、唾液をたっぷりと送り込まれた。

キスの甘い刺激で直をじっくりと翻弄させながら、シャツの裾から自分の手を忍び込ませると、神谷は滑らかな肌をゆっくりと愛撫していった。

直の下半身からはズボンと下着が剝《は》ぎ取られていた。

なのに、上半身はシャツを着たままだったし、エプロンまで付けている。

さすがに、シャツのボタンはすべて外されていたが、その中途半端な服の脱がせ方が、かえってなまめかしかったりする。

胸の上の小さな若芽を弄《もてあそ》んでいた神谷の指先が、脇腹をくすぐるようにスリスリと撫《な》で回しながら、徐々に下腹部へと滑り落ちていった。

そうして、股間の淡い茂みを指先でかきわけながら、いきなり直のシンボルを手のひらの中にギュッと握り込んだ。

「いた……っ！」

直は思わず声をあげた。

すでに限界を訴えて小刻みにピクピクと震えていたのに、まだ解放するなとばかりに、根元を指で絞り止められては、さすがにたまったものではない。

しかも、神谷は容赦《ようしゃ》なく直の快楽をあおった。

握ったまま先端を親指でこすられて、先走りの蜜が亀頭からトロリとあふれ出す。

「だめ……出ちゃうよ……」

「もう少し我慢してください」

再び熱い茎の根元をギュッと絞られた。今度は指ではなく、直が付けていたエプロンの紐を利用して、本当に縛り止めてしまったのだ。

「久しぶりだから、慣らしてあげますね」

どこを慣らすのかは、聞かなくてもわかった。

神谷との行為は初めてではなかったから――。

それでも、やっぱり恥ずかしいものは恥ずかしい。

「そこはやめてよ、神谷さん」

いまにも泣きそうな顔で必死に訴えたが、店長を起こさないために小声しか出せず、聞こえないふりをした神谷に、あっさりと無視されてしまった。

「力を抜いていてください」

神谷はそう言うと、直の足を抱え上げながら膝を深く折り曲げ、股間を強引に割り開く

ように大きく広げさせた。

そして、その奥に隠された小さな蕾を指で探った。

狭い谷間を指先で押し広げながら奥に進み、目的の小さな入り口にたどり着くと、ためらいもなく指を突き立てた。

「くっ……ううっ……」

その苦痛に、直は息を詰まらせた。

神谷の長い指がズブズブと内部に侵入してきて、その感触を確かめるように、直の熱い粘膜をグリグリと引っ掻き回している。

「いた……っ。痛いよ、神谷さん……っ！」

いきなり指が二本に増やされ、無理やり狭い入り口を指で広げられた。

乱暴なことをされて赤くなった直の蕾は、神谷の指を必死に拒んでいたが、神谷は気にすることも気遣うこともなく、ズボンの中から引き出した自らの太い肉棒の先端を、蕾の中心に押し付けた。

「や……、入れないでよ……っ！」

「いまさらそんなわがままを言わないでください」

わがままなのはどっちだよ。――と、ケダモノ警視を睨みつけて文句を言ってやりたい直だったが、いまはそんな余裕はまったくなかった。

「暴れるとケガをしますよ」

神谷は脅すように言うと、直が怯《ひる》んだ瞬間を狙って、強引にググッと腰を進めた。

「あうっ……!」

直は痛みに声を詰まらせた。

悲鳴をあげることさえできない。

下半身が引き裂かれたように、激痛が全身を走り抜けた。

無理やり受け入れさせられた直の狭い器官が、くわえ込まされた神谷の熱い肉塊を、食いちぎれるほどきつく締め付けた。

「きついですね。不二丸くん、もっと力を抜いてください」

「そんな……できない……」

久しぶりなせいか。

それとも、コンビニの店内という特殊なシチュエーションのせいか。

いつもより緊張して強ばっている直の体が、神谷の太い欲望を受け入れることは、かなり困難なことだったのだ。

「このままでは私は動けません。君の協力が必要なんです」

「だめ……無理だよぉ……」

早くもギブアップしてしまった軟弱者の直に、神谷は呆れて溜め息をついた。

何回抱いても、慣れない体――。

手間がかかってまだるっこしいが、手がかかればかかるほど、愛着が増していくようだと、神谷は内心そう微笑んでいたのだが。

もちろん、直はそんなことは知らない。

「お願い……。どうにかしてよぉ……神谷さん」

「しょうがない子ですね、君は」

助けを求められて、悪い気はしていないらしい。

神谷の機嫌がちょっとだけ上向きになった。

――が、しかし。

直に可愛い泣き顔で泣きつかれなくても、どうにかするしかなかった。

苦しさと痛みは、神谷の体にも伝わっていたのだ。

このままでは動けないし、動けないからイくこともできない。

どうにかして直の体から力を抜かせようと、直の分身を縛っていたエプロンの紐を解いてやり、代わりに神谷の手を股間に滑り込ませて、もう一度直のモノに愛撫を与えてみたが、すっかり縮んで萎《な》えてしまっていた、直のシンボルの反応は鈍かった。

「う……んっ……、あ……っ」

ピクピクと直の体が小刻みに震え出し、支えていなければ腰が砕け落ちそうになる。

もしかしたら、この行為が終わるまで、直の意識と体力がもたないかもしれない。

「ちょっと意地悪をしすぎてしまいましたか」

神谷が小さく舌打ちをしながらつぶやいた。

――と言っても、反省するつもりはないらしい。

「やだ……もう……。早く……終わらせて……っ」

なんでもいいから、直はこの苦痛から解放されたかった。

ケンカで受けたキズの痛みなら耐えられる。

両親には隠しとおしてきたが、天才少年と呼ばれていた頃、学校のクラスメイトや教師から、イジメに合っていた直である。

打撲や骨折には慣れた体だ。

――けれど。

これは、まったく別の痛みだった。

つらいのに……。

苦しいのに……。

どうしてこんなに、体が熱くなるのだろう。

いっそ一思いに引き裂かれたほうがまだマシだと、直が真剣に思ったほどだ。

「感じてきたみたいですね。ほら。君の分身も復活してきましたよ」

「あ……んっ……」

神谷の手の中で、直の分身がピクンと震えた。

徐々にだが、確実に、強ばった体がほぐされていく。

「う……くっ……」

ズルリと淫らな音を立てながら、直の内部から神谷のモノが引き出された。

そのとたん、体の中から息が詰まるほどの圧迫感が消えた。

直はホッと息をついた。

ようやく終わったのだと、勘違いをしていたのだ。

しかし――。

警視庁のエリート警視は、直が思っているほど甘くはない。

神谷の年下の恋人は、また高校生。

時間を合わせるのも一苦労なのである。

デートの約束もできないほどなのに、この機会を逃してしまったら、次はいつ直を抱けるかわからない。

だから、神谷はあきらめるつもりはなかった。

エリートとは、案外したたかな生き物なのだ。

「不二丸くん、もう一度こちらへ来てください」

動けずにいた直は、神谷に床から引っ張り上げられた。

ぐったりしている体を支えるようにして立たせられ、レジカウンターのテーブルの上に上半身を押し付けられる。

俯《うつぶ》せに倒され、尻だけを突き出させられた。

「なに？　神谷さん」

「今度はバックからトライしてみましょうか」

「えっ？」

直はキョトンと首を傾げながら、不安そうな顔をした。

——が。

背後にいる神谷の表情は、振り返らなければ見ることができない。見えないから、なにをされるか、よけい不安になってしまうのだ。

「もう終わったんじゃないの？」

「まさか」

「なにをする気？」

恐る恐る聞いた直に、神谷が苦笑する。

無知なところもまた可愛い。そう思われているとはまったく知らずに、ますますその無知さ加減を披露してしまった直だった。

「大丈夫です。私に任せてください。今度はちゃんとイかせてあげますから」

「いいよ。もう萎《しぼ》んじゃったし……」

「だったら、また勃《た》たせてあげますよ」

神谷の眉尻がピクリと跳ね上がった。

(言わなきゃよかった——っ！)

と、直はすぐに自分の失言を後悔した。

けれど、言ってしまったものは、もう取り消しができない。

どうやら、直のなにげないその一言が、負けず嫌いな神谷の闘争心と征服欲をあおってしまったようだ。

「私のモノはまだこんなに立派なのに」

「触らせないでよっ！」

直はあわてて手を引っ込めた。

——が。

ちょっと触れただけでも、神谷の太さと熱さを感じることはできた。

たしかに、立派である——。

自慢するだけの立派なイチモツではあるが、そのせいで、直のほうは思いっきりビビりまくってしまったのだった。

「もしかして、さっきより大きくなってる？」

「そこそこには」

神谷からは曖昧《あいまい》な返事しか返ってこない。

いっそ認めてくれれば、それなりの覚悟を決めることができるのに……。

直の不安はどんどん膨れ上がっていった。

「さっきのサイズだって、きつかったのに――っ！」

思わず、泣き言が洩《も》れてしまう。

直はあわてて顔を伏せた。神谷に情けない泣き顔を見られたら、なにを言われるか、およその見当はついていたから……。

「大丈夫ですよ。さっきの体位より、こっちの体位のほうが、楽なはずですから」

「えっ？」

「私のサイズは変えられませんが、体位は変更できますよ」

神谷の口元がフッと小さく緩んだ。

（やっぱり、さっきより大きくなってるんじゃないか――っ！）

と、直の顔は青ざめた。

しかし、今夜の神谷は容赦がなかった。

「バックからのほうが、やはり挿入しやすいですね」

神谷は頷きながらそう言って、直の足の間に自分の右足を割り込ませ、足払いをするようにして、直の足を左右に大きく広げさせた。

乱暴なその行為に、直の体がバランスを崩した。

「わわっ……！」

ズリッと体が落ちそうになり、直はあわててテーブルの端っこにしがみついた。

「君の股間の分身はあとでたっぷりと弄《いじ》ってあげますから。……だから、私が先に入れてもいいですよね？」

神谷はそう聞いておきながら、直の返事を待つ気はないらしい。

直は背中に神谷の体温を感じた。

肌と肌を密着させるように、ピッタリと体を重ねてくる。

そして、未だになにかをくわえ込ませられているように、ズキンズキンと小さな痛みを訴えている直の蕾に、再び熱く猛った肉竿を押し当てられた。

とたんに、直の体がピクンと震える。

「神谷さん、お願い……。今度はゆっくりやって……」

直はそう言って、深く息を吐き出した。

どうせやられるのなら、暴れて痛い思いをするのはバカげている。

神谷に協力するのはしゃくだが、今度はできるだけ体も心も傷つけられずに神谷を受け入れようと、直は強ばっている体から力を抜く努力を試みていた。

深く息を吸い込み、ゆっくりと吐き出す。

何回か繰り返していれば、かなり気分がリラックスしてくるだろう。そうすれば、緊張に強ばった体からも余分な力が抜けるはずである。

――が、しかし。

神谷はそれを待ってはくれなかった。

いきなり、挿入を開始してしまったのである。

「ひ……、くっ――!」

直は体を貫かれる衝撃に顔を歪《ゆが》めた。

激しい痛みに、思わず息が止まりそうになる。

ゆっくりやってと、頼んでおいたはずなのに……。

その直の声は聞こえていなかったのか、それともわざと無視しているのか。神谷は強引に自分の熱い楔《くさび》をねじ込んでいった。

「いた……っ……」

股間の中心を深く穿《うが》たれる痛みは、さっきよりもひどかった。

レジカウンターのテーブルの上で犯されているという、その恥ずかしさと屈辱も重なっているせいか、もう理性も感情もグチャグチャだった。

心も体も乱れまくりすぎて、自分を見失ってしまったのかもしれない。

――ついに、直は子供のように泣き出してしまった。

「ひっく……。もう……やだ……ぁ……」

大きな涙の粒をポロポロと零《こぼ》しながら、直は何度も何度も頼み込んだが、聞く耳を持たないとばかりに、神谷に無視されてしまう。

中途半端のまま放り出されたら、さらにまた太さを増してしまうではないか――。

今度はさすがに、体位を変えたくらいでは、そのサイズを受け入れることは、かなりな困難を強いられることになるだろう。

君のためですよ、不二丸くん――。

と、神谷は年下の恋人に優しく微笑みかけた。

しかし、幸か不幸か、後ろを向いている体位のせいで、その神谷の微笑みにも気持ちにも、直は気づくことができなかったのである。

堪えきれないらしく、直の泣き声はどんどん大きくなっていく。

神谷はやれやれと苦笑しながら、奥の事務所にチラリと視線を向けた。

直の口を自分の手のひらで塞ぐと、神谷は無言のまま、ひたすら腰を動かし続けた。

突き上げられて、揺すられて……。気が付けば、声を出せずにすすり泣いていた直も、いつの間にかテーブルの上で自分の腰をモゾモゾと動かしはじめていた。

神谷が与えてくる痛みと刺激の中に、痺《しび》れるような熱い快楽と甘い陶酔を見つけ出し、神谷が突き上げるリズムに合わせ、恥ずかしさも忘れて自分の腰をユサユサと大きく振りはじめたのである。

直は夢中で神谷を求めた。

バイトを首になってもいい覚悟だった。

それでも、もっともっと神谷さんが欲しい――。

神谷のモノを締め付けてくる直の熱い粘膜が、声に出せない直の気持ちを、神谷にダイレクトに伝えていたのである。

手を前に回すと、さっきまで萎んでいた直の分身が、すっかり太さと硬さを取り戻していた。まるで水を得た植物のように、生命力を復活させている。

指で触ると、よろこぶようにピクンと震えた。

あまりにも可愛すぎるその反応に、思わず神谷の口元が微笑んだ。

「君の中でイかせてくださいね、不二丸くん」

熱い息を吹きかけられるように、耳元でささやかれた。

その瞬間――。

自分の内部で熱いものが弾けたのを感じて、直も爆発しそうに膨らんだ自らの欲望を神谷の手のひらに解放したのだった。

# 3

恋人たちの最大イベントである、クリスマスの当日……。

仕事で忙しい神谷《かみや》を、なんとか駅前の巨大ツリーの下に呼び出した直《すなお》は、綺麗にラッピンクされリボンまで結ばれたプレゼントの包みを、不思議《ふしぎ》そうな顔をして立ち尽くしている薄情な恋人に、無言で突き付けた。

返却不要とばかりに、神谷の腕の中に強引に押し付けてしまう。

「不二丸《ふじまる》くん、これは……？」

「クリスマスのプレゼント」

見てわからないのかよと、直は不機嫌そうに答えた。

「いや、それはそうですが……。問題は中身のほうです」

プレゼントの包みを開けた神谷が絶句したのも、無理のないことだと思う。

サンタクロースとトナカイの絵柄の可愛い包装紙の中から出てきたのは、どんなに大きく目を見開いて確認しても、自転車のサドルにしか見えなかったのだから……。

しかも、サドルだけ。

自転車のイスの部分だけあっても、座ることができない。

「これがプレゼントなのですか？」

「そーだよ」

直はきっぱりと言い切った。

なんとなく不機嫌そうで、なんとなく怒っているように思えるのは、神谷の思い違いではなさそうだ。

神谷の年下の恋人は、子供っぽくて単純なので、その感情が手に取るように簡単に読み取れてしまうのである。

直は怒っていた。

ものすごーく、怒っていた。

「神谷さんのバカーっ！」

「いきなりなんなんですか、君は」

直は恨みがましい目付きで、神谷を睨《にら》みつけた。

「予定では、それの本体のほうも、ちゃんと買えるはずだったんだよっ。せっかくバイトして小遣いを溜めようと思ってたのに――っ！　神谷さんがあんなとこでエッチなんかするから……」

クスンと直は鼻をすすった。

恋人へのクリスマスプレゼント。

神谷のために、直はプレゼントをなににしようかとあちこちの店を探しまくり、しかも冬休み中の短期バイトまでして、プレゼント資金を溜めていたというのに……。

タバコを吸いすぎる神谷の健康を心配して、選びに選んだプレゼントである。

仕事が忙しくて運動不足になりがちだと、神谷の部下である古葉《こば》警部も言っていた。

だから、自転車に決めたのだ。

運動不足解消とストレス発散のために、サイクリングは打ってつけだ。

春になって暖かくなったら、神谷と一緒にさくらを見に行こうと思っていた、直の微笑《ほほえ》ましい夢は、はかなく夢のままで終わってしまったのだった。

クリスマスのお楽しみ企画は、すべて壊された。

しかも、自分の恋人によって……。

「神谷さんのバカ野郎――っ！」

さらに怒りが込み上げてきて、再び叫ばずにはいられなかった。

あれから、直は大変な目にあったのだ。

自分の欲求を満足させて帰った神谷はさておき、バイト中だった直のほうはというと、足腰をフラフラさせながらも必死になんとか踏ん張って、店長との交替時間まで店番に立ち、その日のうちにコンビニのバイトを辞めてしまった。

神谷とのエッチ現場は、幸運なことに、客にも店長にもバレることはなかったが、あんなところで犯されては、もう二度とレジカウンターには立てなかった。

なぜかというと、そこに立つたびに、神谷との行為を思い出してしまうから……。

ポッと顔を赤らめ、股間のモノをもっこりさせながら、お弁当や飲料水をレジ打ちしている店員がいるなんて、とんでもないコンビニ店である。

（うわっ。最低……っ！）

と、想像した直もそう思った。

だから、バイトはあきらめたのである。

「神谷さん、それの本体は来年だよ」

「二年越しのクリスマスプレゼントですか」

「だって、しょーがないじゃん」

直はジロリと神谷を睨みつけた。

計画どおりにいかなかったのは、誰のせいだよと、忌ま忌ましげに名前を呼んだ。

「あのさ、神谷さん」

「なんですか？」

「来年は絶対に、俺のバイトの邪魔はしないでよ」

「わかりました。努力してみます」

努力だけ――？

直はガックリと肩を落とした。

「ついでに、禁煙も努力してみますよ」

「ホント？」

「ええ。私の健康を心配してくれた君のために、本数を減らすようにします」

直の予定とは若干《じゃっかん》狂ってしまったが、結果オーライならばそれでいい。

神谷の禁煙宣言を素直によろこんだ直だった。

――が、しかし。

物足りなさを感じる唇を、直のキスで埋めようと、神谷が下心たっぷりな気持ちでわざと禁煙宣言をしたことを、もちろん直が知る由もない。

「ねえ、神谷さん。俺へのクリスマスプレゼントは？」

直は甘えた猫撫《ねこな》で声でおねだりをした。

国家公務員の給与を考えると、期待は膨らむばかりである。

「残念ですが、クリスマスプレゼントはありません」

「用意してないの？」

とたんに、直はしゅんとなった。

神谷さんは仕事が忙しいんだから、きっとプレゼントを買いに行く時間がなかったんだよな。——と、自分に言い聞かせるしかない。

いまにも泣きそうな顔をしているのに、神谷を困らせないようにと、必死に涙をこらえようとしている姿が、あまりにも健気で可愛くて……、思わず直の体をギュッと抱き締めたい衝動に駆られた神谷だった。

「早とちりしないでください。私はクリスマスプレゼントはないと言ったのです」

「だって……」

「誕生日のプレゼントはありますよ」

「えっ？」

驚きながら神谷の顔を見上げると、タバコをくわえた口元がニヤリと笑う。

禁煙宣言をしたばかりなのに……。

言ったそばからこれかよ。そう呆れながら叱《しか》り付けるべきだったが、いまの直の頭の中は、別のことでいっぱいだったのだ。

「お誕生日おめでとうございます。不二丸くん」

「知ってたの？」

「ええ。古都子《ことこ》くんに教えてもらいました」

ちなみに、直の誕生日は十二月二十五日。

鳥居《とりい》ツインズは、十二月二十四日。

家はお隣さん同士で、子供たちの誕生日は数時間しか違わない。

もしかしたら、不二丸家と鳥居家は不思議な絆《きずな》で結ばれているのかもしれない。

「今夜がクリスマスだってこと、すっかり忘れていました」

「神谷さんが忘れるなんて珍しいね」

「忘れますよ。私にとっては、クリスマスよりも君の誕生日のほうが、大事な日だったのですから」

そんなことを言われると思っていなかったので、直はモジモジと照れながら、小さな声で神谷にありがとうと言った。

「誕生日プレゼントに、すばらしいものを準備してありますよ」

「なになになにーっ？」

プレゼントと聞いて、直の顔にパッと花が咲く。

わくわくしている直の手のひらの上に、神谷は旅券をポンと乗せた。

行き先は草津温泉。

おまけに旅館の宿泊券付き。

「一泊二日をかけて、私の愛を受け取ってください」

「げげっ……。そんなプレゼント、誰がいるか――っ！」

あわてて旅券を叩き返しながら、

（オヤジくさいよ、神谷さん〜〜〜っ！）

と、心の中で嘆いてしまった直だった。

せめてハワイかグアムにして欲しかったと、不満はタラタラあったのだが……。

これはこれで、二人は幸せなのかもしれない。

# 4

「遅いなぁ……、神谷《かみや》さん。今夜もまた残業だったりして」

直《すなお》はブツブツと愚痴《ぐち》るようにつぶやきながら、キッチンのテーブルの上に頬杖をつき、恨めしげに目の前の時計を睨《にら》みつけた。

時刻は零時ちょうど。

ついに日付も変わってしまった。

警察庁捜査一課のエリート警視である神谷の仕事が、進級も危ない落ちこぼれ高校生である自分とは比較できないほど多忙だということは、神谷のマンションで勉強合宿をはじめるまえから、わかりきっていたことだったのに……。

それでもやっぱり、神谷が帰ってこない夜は、寂しくて寝られなかった。

「これじゃあ、合宿してる意味ないじゃん」

思わず嘆きたくもなる。

最初は五日間の予定だったが、あまりにも神谷の仕事が忙しくて、なかなか自宅に戻ってこれなかったので、さらに五日間、予定を延長したのだ。

勉強を教えてもらうどころではなく、顔さえまともに見ていない。

神谷の部下である古葉《こば》警部から状況は聞いているし、仕事だからしょうがないと、大人っぽく理解のあるフリをしようとしたけれど……、これではあんまりだ。

強制的に神谷のマンションに連れ込まれてから、すでに十日目。

それなのに、神谷と夕食を共にした日数は片手でも余る。

今夜のように、帰ってくると連絡が入ったので、どんなに眠くてもがんばって寝ないで待っていても、なかなか帰ってこない。

勉強の予定は空白のまま。

食事どころか会話さえ交わしていない。

自宅の滞在時間は、わずかに十分。

家に帰ってくるというより、着替えを取りに戻ってきたというくらい、あっと言う間の短い滞在時間である。

それでも、直の寝顔をこっそりと盗み見てから出勤する、神谷のほうはまだましだ。

直が寝入った夜更けに帰ってきて、直が熟睡している早朝に出勤してしまうので、直のほうは神谷の寝顔さえ見ることができなかったのだ。

警察官という職業柄、時間に余裕がないのはしょうがないことである。

年末だから、事件や事故も多くなっているのだろう。

でも……。

だからこそ、勉強合宿を延長したのだ。

少しでも長く恋人のそばにいられるようにと……。

迷惑だから帰ってきなさいという母親を説得して、直がこのマンションに留まっていた理由は、正月くらい一緒にいたいという乙女チックな発想でも、お年玉をガッポリいただこうというがめつさからでもない。

結局、三が日は自宅に連れ戻されたが――。

神谷のためになにかしてやりたくて、この部屋に戻ってきてしまった。

しかし――。

直の気遣いは空振りに終わってしまったのである。

神谷のためになにかしたくても、その神谷本人がいないのでは、なにもしてやれないではないか。

掃除や洗濯や食事作りだって、自分のためにしているようで、かなり空しい。

ここは神谷のマンション。

ベッドは神谷のベッド。

直の隠れ家でもないし、直の昼寝場所でもない。

それなのに……。

この家の主は、もう十日間もベッド未使用のままである。

「やっぱり、今夜もまた残業とか？」

警察官はサラリーマンとは違うので、残業とは言わないだろうが……。

今夜もまた、キリンのように首を長くして待っている、健気で可愛い年下の恋人のもとに、やっぱりまだ神谷は帰ってきていない。

もしかしたら、神谷が管轄している区域で、ちょっとやそっとでは解決できない、凶悪な犯罪が起きたのかもしれない。

そう考えた夜もあったが、良平《りょうへい》にメールを送って古葉警部の様子《ようす》を探り出したところ、夜勤の日以外は、遅くなることはあっても、ちゃんと自宅に戻ってきているらしい。

——ということは、直の推理は外れていることになる。

本人に確認したくても、メールはいつも一方通行なのだ。

留守電に録音された、

『今夜も帰れません』

という神谷の声を聞くたびに、寂しさを覚える直だった。

こんな状況が続くようでは、いったいなんのために自分はここにいるのか、その目的さえ無意味なものになってしまう。

せめてもの救いは、元旦に、自宅へ戻っていた直のもとに、和服姿の神谷が訪ねてきてくれたことだ。

当然、真っ昼間からケダモノと化した神谷に、やられてしまった直だったが……。

「こんなことなら、ちょっと……かなり痛かったけど、元旦エッチをもっとやらしてあげればよかったかなぁ」

と、思わずとんでもないことまで口走ってしまう。

頭のネジが飛んでしまったとしか思えないセリフだが、本人に自覚はないのだろう。

求められれば拒むくせに、そばにいないと寂しくなる。

神谷の年下の恋人は、案外とわがままなお子様だったのだ。

「ケータイ鳴らしたいけど、捜査会議中だったら迷惑だし……」

メールでは埒《らち》が明かない。

どうしたものかと、直は疲れた溜め息をついた。

「オッサン経由で、神谷さんを呼び出してもらおうかなぁ……」

やっぱりダメだと、直は頭をブンブンと振った。

『んー？　なんで不二丸《ふじまる》が、神谷警視んとこに居候《いそうろう》してるんだ？』

古葉警部にそう突っ込まれたら、気心の知れた相手だけに、うっかりボロを出してしまいそうだったので――。

直と神谷は恋人同士。

しっかり肉体関係もある。

——が、しかし。

二人の関係は、誰にも知られてはならない《秘密の恋人》だったのだ。

警察官と高校生。

二十八歳と十七歳。

ちなみに、直は先月やっと十七歳になったばかり。

警視庁のエリート警視が高校生と付き合っていること自体、すでにかなりな問題があるというのに、まだ未成年の相手としっかりエッチまでしちゃっているのだから、とんでもない大問題である。それどころか犯罪だ。

勉強合宿というのは、神谷が考えた隠《かく》れ蓑《みの》だった。

それなのに……。

家庭教師役の神谷は不在、提出用のプリントは白紙のままドッサリ山積み。

(こんなのって、あんまりだぁ——っ!)

勉強嫌いな直も、いよいよ冬休みが終わりかけ、嘆かずにはいられなかった。

独りぼっちで食べたコンビニ弁当の残骸《ざんがい》が、キッチンのゴミ箱にあふれ返っている様子を目にしたとたん、さらにどっぷりと気分が落ち込んできた。

「せっかくの冬休みなのに、メチャメチャ空しいよ、神谷さ〜〜〜〜ん！」

意外に家庭的な神谷の手料理が恋しい。

いいや。料理じゃなくて、神谷が恋しいのだ。

神谷に会いたくて、会いたくて、会いたくて……。

もう家でなんか待っていられない。

「そうだ。駅まで迎えに行こう」

今夜はまだ留守電に、《帰れないコール》は録音されていない。

——ってことは、終電までには帰ってくるんだよな、神谷さん。

そう思い立った直の行動は素早かった。

スニーカーを履くのももどかしく、ソファの背もたれに投げ付けてあったコートを急いで引っつかむと、まるで弾丸のようなスピードで部屋を飛び出していった。

神谷に早く会いたいという、一途な気持ちを募らせながら……。

だから、すでに終電さえなくなっている時間だということに、直はまったく気が付いていなかったのである——。

■　■　■

「おっそいなぁ……。神谷さん、どーしたんだろ？」

待つこと一時間。

どんなに厚いコートを着ていても、真冬の寒さは骨身に染みる。

手袋くらい持って出るべきだったと、手のひらにハーッと白い息を吹きかけて、スリスリと両手をこすりながら、後悔とともに反省中の直だった。

神谷の高級マンションは暖房設備が充実しているので、部屋の中では薄着で充分だったのである。

――が、外はすっかり南極の世界。

コートの下にパーカー一枚では、さすがに体が冷えきってくる。

駅の改札へと続く階段の途中に座り込み、さっきから何度もチラチラと時計に目をやりながら、ブルブルと寒さに震えていた。

このぶんだと、明日は雪かもしれない。

「かんべんしてくれぇ……。明日は俺、デパートの福袋目当ての桃子《ももこ》さんに付き合わされて、一日中、荷物持ちなんだからな。雪なんか降ったら、最悪じゃん」

星ひとつ瞬いていない闇夜を見上げて、直は嘆くようにつぶやいた。

言葉にしたとたん、夜空から小さな結晶が落ちてきた。

「うそだろぉ……。ホントに雪が降ってきちゃったよ」

言霊《ことだま》が宿ったのか。夜空を見上げたまま、不思議《ふしぎ》そうにキョトンとしている直の顔を目がけて、白い花びらがヒラヒラと舞い落ちてくる。

降りはじめは桜の花びらのように小さかったが、見る見ると、大きな白い牡丹の花びらへと変わっていった。

その名のとおり豪華で綺麗な、ぼたん雪。

けれども――。

のんびりと情緒にふけっている場合ではなかったのである。

直のお気に入りの紺色のコートに、どんどん雪が積もっていく。

このままだと、神谷が帰ってくる頃には、雪だるまになってしまうかもしれない。

(人間雪だるまと冷凍庫。どっちが寒いんだろ……?)

そんなバカなことを考えつつ、直は白い息を吐き出した。

せめて屋根があるところに移動しようと、座り込んでいた階段から立ち上がりかけたとたん、直の顔が青ざめた。

中腰になったまま、体が氷のように固まってしまう。

「あれ？　あれれ……？」

思いどおりに動かない体に首を傾げながら、勢いをつけて背筋を伸ばしてみた。

そのとたん――。

直の顔が苦痛に歪《ゆが》む。

「いてて……っ！」

腰を押さえながら、情けない悲鳴をあげた。

長時間にわたり同じ体勢で座ってたのが、いけなかったのだろうか。

それとも、この寒さのせいで、本当に体が凍りついてしまったのだろうか。

「げげっ……。体が動かないじゃん」

雪だるまというよりは、冷凍マグロの気分である。

そう思ったが、笑えない自分のジョークに、直の笑顔がヒクヒクと引きつっていた。

（これって、かなりヤバイ状況だったりして……）

どうにかしようと思っても、立ち上がることさえできない。

それなのに、無情にも雪は降り積もっていく。

「これじゃあ俺、マジで人間雪だるまだよ。古都子《ことこ》が見たらビックリするぞ」

相変わらず、こんな時でさえ緊張感のかけらもない。

なんとかなるさと、呑気な顔でヘラヘラと笑いながら夜空を見上げていた直は、いきなり自分の名前を呼ばれて、ハッと息を飲んだ。

「不二丸くん」

声がするほうへ、ゆっくりと顔を向ける。

そこには、彼が待ち侘《わび》びていた恋人が立っていた。


「こんなところでなにをやっているのですか、君は」

神谷の声は不機嫌だった。

眉間にシワを刻み込んだ怖い顔で、暖かそうな黒色のロングコートの裾をひるがえし、カツカツと靴音を響かさせながら、直のところへ足早にやってくる。

タクシーも人気もなくなった駅前のロータリーに、その足音だけがやけに大きく響き渡っていたが、直の耳には届いていなかった。

見開かれた大きな瞳は、神谷の姿しか映し出していない。

「神谷さん」

その名前を呼んだとたん、まるで魔法が解けたかのように、突然、カチンコチンに固まっていた直の体が動き出した。

立ち上がり、階段を駆け下り、神谷のもとに走り寄る。

ついさっきまで、立ち上がることもできないほど、寒さのために体が凍りついていたはずなのに……。

主の性格と同じように、現金な体である。

神谷への熱い想いが、一瞬のうちに、氷を溶かしてしまったのかもしれない。

「お帰りなさい、神谷さん」

直は久しぶりに再会した、年上の恋人を笑顔で出迎えた。

主人の帰宅を待ち侘びていた子犬のように、見えない尻尾がパタパタと揺れている。

――が、しかし。

なぜか、神谷の表情は険しいままだった。

「神谷さん……？」

直の口から吐き出された真っ白な息と、血の気のなくなった紫色の唇を見たとたん、ますます眉間のシワが深くなる。

神谷の機嫌が悪いことに、直はようやく気が付いた。

――けれど、なぜ怒っているのかわからずに、キョトンと首を傾げる。

「あのさ、神谷さん」

「なぜこんなところにいるのですか、不二丸くん」

「えっ？　だって……」

「こんな真夜中に、いったいなにをしていたのですか」

「なにって……。迎えにきたんだよ、神谷さんを」

「私を……？」

「そうだよ。留守電が入ってなかったから、今夜はうちに帰ってくるんだと思って」

なんで自分が言いわけをしなくちゃいけないんだと、直は理不尽さを感じていた。

が、聞かれたら返事をしないわけにもいかない。

「それなら、なぜ家で待っていなかったのですか？」

「そ、それは……。神谷さんに早く会いたかったから……」

直はとても言いづらそうに、口の中でモゴモゴと言った。

どうか神谷さんに聞こえませんように、と——。

しかし、そう都合《つごう》のいいことばかりではない。

真夜中のせいか。それとも雪が降っているせいか。しんと静まり返った空気の中、直の声は思っていた以上に、大きく響いてしまったのだ。

聞いたとたん、神谷の眉尻がピクンと跳ね上がった。

ほんの一瞬、複雑な表情を浮かべてから、再び神谷は眉を寄せた。

「雪が降っている中、何時間も待っているバカはいませんよ。だいいち、もう終電だって走っていません。駅で待っていても、私には会えません」

「終電がない？　あれれ……？」

自分の間抜けな失敗に、こっそりと舌を出す。

すぐに、神谷から叱咤《しった》の声が飛んできた。

「ちゃんと反省しなさい、不二丸くん。カゼくらいでは済まなかったかもしれないんですよ。凍死する人だっています。警察の仕事を増やさないでください」

いつも冷静な神谷が、珍しく大声を出して直を叱《しか》り付けてくる。

呆れて怒るのも無理はない。

終電の時間も確認せずに、あわててマンションを飛び出し、いままでずっと待ち続けていたなんて、大間抜けもいいところだ。

神谷は終電に乗って帰ってきたわけではなかった。だから、改札口とは反対方向から階段を上ってきたのである。

「ごめんなさい」

直はしゅんと項垂《うなだ》れた。

迎えにきたつもりが、迎えにこられてしまうとは……。

しかも、もし神谷がきてくれなかったら、動けなくなっていた直は、誰にも助けを呼ぶことができず、間違いなく雪だるまになっていただろう。

さすがに、もうこれ以上叱られるのがいやだったので、部屋に携帯電話を忘れてきたことは、白状できなかったのだが。

「迎えはいりません。二度とこんなことはしないでください」

「わかった」

「私だって早く帰宅しようと努力はしています。今夜もタクシーを飛ばして帰ってきたのに、君のほうがいませんでした」

なるほど。

警視庁の警視ともなれば、通勤手段もリッチなものだ。

急いで家に帰ってきてみれば、部屋にいるはずの直の姿はどこにもなく、とりあえず書類ケースだけをテーブルの上に置き、高級スーツを着替える時間も惜しんで、再び外へと飛び出し、直のことを捜し回っていたのだろう。

直のことが心配で、必死に走り回っていたに違いない。

雪が降ってきて気温はぐんぐんと下がっているのに、神谷の額にうっすらと汗がにじみ出ているのが、その証拠である。

自分のせいで、疲れて仕事から帰ってきた神谷に、こんなにも心配をかけさせてしまったことに、直は深く深く反省した。

「ごめんなさい、神谷さん」

「もういいですよ。それより、寒くはないですか？」

「平気。なんか神谷さんの顔を見たら、体中がポカポカしてきたから。あ——、別に変な意味じゃないぞ」

直はあわてて言い直した。

マンションに戻ったとたん押し倒されては、たまったものじゃない。

けれども——。

神谷にそうは言ったものの、実は、すっかりしっかりエッチモードに切り替わっていた直の体だった。

元旦に抱かれたばかりなのに……。

（絶対に、変な意味じゃないぞ。体が冷えきっちゃったから、神谷さんの体温で暖めてくれないかなぁ、って思っただけだもん。俺が誘ってるわけじゃないからな）

と、直の心の中は自分への言いわけでいっぱいだった。

そんな不埒《ふらち》なことを考えていたら、ふわりと暖かいものに包み込まれた。

見ると、自分の首にマフラーが巻き付いている。

神谷のマフラーだった。

たしか通販で買ったと言っていたが、そんなに安いものではないだろう。

しかし、値段や素材は関係ない。

優しさと気遣いと愛情がたっぷりと込められた神谷のマフラーだからこそ、直にはいっそう暖かく感じたのだった。

「これで少しは暖かくなりましたか？」

「でも、それじゃ神谷さんが……」

「私のことはいいです。まだ寒いですか、不二丸くん」

直はプルプルと首を振った。

「では、家に帰りましょう」

「うん」

神谷に手を引かれて歩く直の心から、いつの間にか、不安や寂しさが消えていた。

（暖かいな、神谷さんの手……）

直の幸せそうな笑顔がそう語っていた。

# 5

「冴子《さえこ》さんってば、ホントに人使いが荒いんだから」

直《すなお》はぼやくように言った。

『よろしくね、坊や。チュッ♡』

と、美人刑事に投げキッス付きで送られてきたリスト表に、赤ペンでチェックを書き込みながら、重い足を引きずるようにして、若者が集まる夜の街へと引き返していった。

「どこにいるんだよ、マサミ〰〰〰っ！」

夜空に向かって叫んで、クスンと鼻を鳴らす。

収穫はゼロ。

気分も重くなってくる。

「お年玉に釣られて、引き受けるんじゃなかったぁ……。クスン」

と、後悔の念がヒシヒシと押し寄せてきた。

神谷《かみや》の同期であり友人でもある、有明署少年課の刑事課長時田《ときた》冴子に、目をつけられてしまったのが運の尽き。

それが、直の災難のはじまりだった――。

『マサミが雲隠れしちゃったのよ。あの子を捜してくれる?』

いきなり、冴子からそう電話がかかってきたのと、マサミが潜り込んでいそうな店がリストアップされたファックスが届いたのは、ほぼ同時だった。

どうやら、直の返事を聞くつもりもないようだ。

頼み事というよりは、命令である。

(冴子さ~ん。俺、あなたの部下じゃないんだけど……)

直は嘆きながら深い溜め息をついた。

冴子さんと呼ばないとスネてしまう年上の美女は、どこからどう見ても、とても刑事とは思えない外見と性格をしていた。

しかも、神谷と同期ということは、冴子もキャリア組のエリート警視なのだ。

ちなみに、身長一七二センチ。直よりも高い。

誰もが思わず振り返ってしまうほどのナイスバディなゴージャス美女で、武道の達人。特技はハイヒールでの回し蹴りという、最強の女刑事である。

婚約者がいたそうだが、結婚式の直前で殉職《じゅんしょく》してしまったらしい。

彼女の婚約者が、神谷の親友だったのだ。

親友が亡くなってしまってからも、冴子との友情は変わらなかったが……。どうやら、いまも昔も、神谷は彼女のことが苦手なようだ。

『ねえ、不二丸くん。あなた、囮《おとり》になってくれる？　マサミはとても君のことを気に入っているみたいだから、エサに食いついてくるかもしれないし。義一《ぎいち》のほうは私が上手《うま》くごまかしといてあげるから。お願い、坊や。チュッ♡』

再び電話越しの投げキッス。

神谷でさえ苦手にしている冴子を相手に、当然、直が太刀打ちできるわけがない。

しかも、勘の鋭い年上の美女に、直と神谷の秘密の関係が、すっかりバレバレだったのだから……。

『マサミを捜し出したら、今度は首輪と鈴を付けておくわ。この忙しい年末年始に、私の仕事を増やしてくれたお礼にね。お姉様がうんと可愛いのを買ってあげるわ』

楽しそうに笑う冴子の声を受話器から聞いたとたん、背筋がゾクリと震えて、思わずマサミに同情してしまった直だった。

マサミというのは、ある事件が切っ掛けで知り合った中学生である。

本名は篠原真実《しのはらまさみ》。中学三年生。

元ホスト。

顔は美形で、笑顔は癒し系。

知的で優雅で上品なマサミは、店でナンバーワンの売上をあげていたホストだと聞かされても、納得できる。店といっても、男専門だったのだが……。

さすがに警察に補導されて、ホストは辞めたようだ。

『例のファントム・アイ事件のことで、ちょっと裏情報を摑んだものだから、あの子に聞きたいことが、いっぱいあったのよねぇ』

どうやら冴子の口ぶりからすると、事件後も、警察はマサミをマークしていたらしい。

――が、まんまと逃げられてしまったようだ。

警察の面目が丸つぶれである。

マサミを甘く見たのが敗因だろう。

大型犬のような年下の少年に、なぜか気に入られ懐かれてしまったが……、したたかで抜け目のないマサミの本性を、直は自分の身をもって知っていたのだ。

下っ端を装い、実は隠れた知能犯。

そんなマサミに、直は輪姦されそうになったのだから――。

『この役は、君がいちばんの適役よ。よろしくネ』

あまりよろしくされたくない直だったが、あっさりと《お年玉》で冴子に懐柔されてしまったのである。

(だって俺、ビンボーなんだもん……)

直の性格はすっかり冴子に読まれていた。

――が、しかし。

(なんで俺が神谷さんちにいるの、知ってるんだろ?)

とか、

(なんで神谷さんがいないのを見計らったように、電話をしてきたんだろ?)

とは、さすがに怖くて聞けなかった。

いろいろと裏はありそうだけど……。冴子に貸しを作っておくのも、今後のことを考えると、悪いことではないかもしれない。

とにかく――。

さっさとマサミを捜し出してしまおう。

そう意気込んで、マンションを飛び出してきた直だったが、現実は、そんなに甘くはなかったのである。

「夜の有明でかくれんぼかよ。まいったなぁ……」

思わず、ハァーと疲れた溜め息が洩れた。

ゲーセン、カラオケボックス、ファストフード、コンビニ、さらには飲み屋やホストクラブ……。リストにあった店はもちろん、リストにない店まで手当たり次第に捜し回ったというのに、どこにもマサミの姿はなかった。

まさに、雲隠れ状態である。

たかが中学生を一人捜すだけ。

しかも地域限定。

楽勝だぜ――。

そう高をくっていた直だったが、さんざん歩き回って棒になってしまった足が、どんどん重く感じるにつれ、自分の考えの甘さを思い知らされた。

バブルは崩壊したというのに……。

いったい何件のホストクラブがあるのやら。

これで昨夜のように雪でも降ってきたら最悪だったが、気まぐれな冬の天気は、どうにかこうにか持ちこたえてくれたようだ。

しかし、この身を切るような寒さだけはどうにもならない。

「これじゃカゼひいちゃうよぉ〜〜。暖かい味噌汁が飲みた〜〜い！」

と、夜空に向かって雄叫びをあげた。

無事に高校を卒業できたとしても、絶対に警察官にだけはならないぞと、心に硬く誓った直である。

「いい加減に出てこいよ、マサミ〜〜っ」

冷たい風を遮るようにコートの襟をかき合わせ、背中を小さく丸め、やるせない溜め息をつきながら入った、十六軒目の店がビンゴだった――!

投げやりな気持ちが幸いしたのかもしれない。

マサミを見つけだし、有明署の少年課に通報して冴子に引き渡してしまえば、直はやっと暖かいマンションの部屋に戻ることができるのだ。

たぶん、今夜も神谷は帰ってこないだろうが……。

「マサミを捜してるの、あんた?」

そう直に声をかけてきたのは、ホストクラブの従業員にはとても見えない、ごく普通の真面目《まじめ》そうな少年だった。


「こっちにきて」

直は腕を摑まれ、有無を言わさずに店の奥まで引っ張り込まれた。

書き入れ時の時間帯だというのに、やけに静かな店内である。

客を選んでいるのだろうか。

もしかしたら、会員制の高級クラブかもしれない。

(メチャメチャ高そうな店……。俺、金なんかもってねーぞ)

思わず、冷や汗をかきそうになった直だった。

いざというときは、高級取りの冴子を呼び出して支払ってもらおうと思った。少年課の課長の彼女なら、もしかしたら経費で落ちるかもしれない。

覚悟を決めた直は、高校生の身分ではとても足を踏み込めそうにない、広々とした豪華な店内をグメリと見回した。

(スゲー、ウワァー、ハーッ、へー)

と、興味津々の目をした直の背中を、少年がツンツンと指で突っ突いてきた。

「ねえ。あんた、マサミの恋人?」

いきなりな質問に、直はブンブンと首を振った。

口説《くど》きまくられていたが、付き合っているわけではない。

「じゃあ、なんでマサミのこと必死で捜してるんだよ」

それでもまだ疑わしそうに睨《にら》まれて、さすがにムッとする。

しかも、直の頭上から見下ろされるように……。

自分と同年代の相手なのに、自分よりもはるかに長身で、頭の上から見下ろしながら失礼なことを言われたら、さすがにムカムカと腹が立ってきた。

「あんた、じゃない。直だ。俺は不二丸《ふじまる》直」

「ふ~ん。変な名前」

「悪かったなっ」

「俺はカズオ。カズって呼んで」

さりげなく自己紹介されて、直の怒りは矛先をなくしてしまった。

年齢をごまかしてホストなんかしてるわりには、意外といいやつなのかもしれない。

直はふとそう思った。

「スナオはマサミの恋人じゃないの？」

「違う」

「ホントに？」

「違うってば――っ！　しつこいぞ、カズ」

自分も名前で呼ばれたので、ちょっと馴れ馴れしいとは思ったが、直も少年のことを愛称で呼ぶと、少年はちょっと照れたようにはにかんだ。

直よりも身長が高く、体つきもガッチリしていたが、こんな仕草をさせると、やっぱりまだまだ子供っぽい。

マサミの知り合いなら、ひょっとすると中学生かもしれない。

「だったらオレ、スナオを口説いていい？」

「はあ……？」

やけにしつこいと思ったら、そういう下心があったわけか。

カズと呼ばれた少年は、笑いながら首を振った。

「そっちじゃなくて、勧誘のほうだよ」

「えっ？」

「ホスト。うちの店で働かない？」

カズの強引なお誘いに、思わず直は低く唸《うな》ってしまった。

実は、この店にたどり着くまでに、さんざん勧誘されまくったのである。

直の童顔とのほほんとした性格は、意外と社長や政治家たちに受けるらしく、ホストとしての資質が充分にあるらしい。

「スナオなら稼げるよ」

たしかに、ホストの高額な給料は魅力的でもある。

心が揺れなかったといえば、うそになるけれど……。

年上の恋人の怖い顔と、敏腕警部の凄んだ顔と、美人刑事の妖艶な笑顔が、直の頭の中に浮かび上がってきて、背筋をゾクリと震わせたのだった。

「せっかくだけど、俺にはうるさい保護者がいっぱいいるから」

「う〜ん、残念」

本気だったのか、カズは未練がましそうに言った。

「カズはいくら稼いでいるんだ。おまえ、まだ中学生だろ」

「もしかして……。スナオ、俺のこと警察にチクる気なの？」

「しない。それはここの所轄の仕事だ。俺はマサミの情報が知りたいだけだから」

そう言ったとたん、カズの手がスッと伸びてきた。

あどけない笑顔で笑いながら、したたかそうな目が鋭く輝いている。

マサミとよく似た目だ。

「スナオなら、安くしといてあげるよ」

直の目が細められた。

彼がなにを要求しているのか、すぐにわかった。

どうやら、ホストとしてサービスを売る他に、情報も売っているらしい。

——が。

もちろん直は、最初から取引に応じるつもりなどなかった。

「なんなら、スナオの体でもいいんだけど」

「はあ……？」

いきなりの展開に、直はキョトンと首を傾げた。

その一瞬だけ、警戒心が解けて無防備になってしまったのだ。

気が付けば、外見に見合わない握力で腕をつかまれ、近くのボックス席に引きずり込まれて、無理やりソファに座らせられていた。

店内も豪華なら、ソファも豪華だ。

スプリングのきいたふかふかなソファは、不二丸家の居間にあるものとは比べものにならないくらい、手触りも座り心地もよかったけれど……、隣に腰を下ろして、甘えるようにスリスリと擦り寄ってくる少年がいなかったら、もっともっとリラックスして座っていられたかもしれない。

「やだなぁ。気づかなかったの？」

言われてみれば、この店はかつてマサミが働いていた場所である。

直の鈍さにすっかり呆れているカズに、あわてて直は聞いた。

「ここも男専門かよ」

前回、マサミが働いていた『ファントム・アイ』もそうだった。

カズがすかさず頷いた。

「もちろん」

どうりで女性客が見当たらなかったわけだ。

店内のどのボックスを見渡しても、ホストとスーツを着たサラリーマンしかいない。

しかも、客は見るからに重役クラスの顔ぶれである。

「俺、初めての客とは寝ない主義だけど……。スナオなら、いいよ」

「おまえがよくても、こっちはお断りだっ！」

直はきっぱりと断って、勢いよく立ち上がった。

まさか、こうもあっさりと申し出を蹴られると思わなかった少年は、驚いたように目を大きく見開いて、直の顔を見上げている。

「マサミの友達は、おまえのようなやつばかりじゃないぜ。覚えておけ」

そう捨てぜりふを言ってから、直はクルリと背を向けた。

店の出口に向かって足を踏み出そうとしたとき、

「待って――！」

と、いまにも泣き出しそうな声に引き留められた。

少年は立つことも忘れて、直のコートの裾に必死にしがみついていた。

「なんで？　どうして断るのさ。マサミの恋人じゃないなら、抱かせてくれてもいいじゃん。こんないい取引ってないのに」

「俺は浮気はしないの」

直はきっぱりと言い切った。

もし神谷にバレたら、大変なことになってしまう。

いまのセリフで、直に本命の恋人がいることが、少年にもバレてしまったはず。

――なのに、少年はあきらめなかった。

「だったら、商談抜きでもいいよ。情報料はいらない。俺……、スナオのことが気に入ったんだ。他のやつらにはシカトする。スナオにしか情報は流さないから」

「おまえ、学校でなんの勉強をしてるんだ。世渡りのノウハウを、ちゃんとセンセイに教えてもらってこい。そんなんだと、敵を作りまくるぞ」

呆れ過ぎて、怒る気力も失せてしまう。

いまどきの中学生は、いったいなにを考えているのやら。

「スナオの恋人って、誰……？　年下は好みじゃない？」

人懐っこい子犬のような目で、過激なセリフが飛び出してくる。

直は答えなかった。

当然、神谷との関係を教えるつもりはない。

「俺、年下だけど、経験は豊富だよ。抱かれるのがいやなら、リバってもいいし……」

「リバ……？」

「うん。気持ちいいこと、いっぱいしてあげる。俺、これでも指名度じゃ、この店のナンバーワンなんだ」

それだけテクニシャンだと、言いたいのか……。

しかし、エッチのことしか頭にないお子様は、直の耳に、店の裏商売をバラしてしまっていることに、まったく気づいていない。

直は黙ったまま、テーブルの上からグラスを取った。

とうてい客にはみえない高校生の直だったが、気を利かせたボーイが、水とおしぼりを運んできてくれていたのである。

たっぷりと水の入ったグラスを、直は少年の頭の上でゆっくりと傾けた。

「俺は自分の体を安売りなんかしない」

直はそう言い残して、髪の毛からポタポタと水滴をしたたらせながら、呆然とした表情で体を硬直させている少年を置き去りにして、店を出ていったのだった。

■　■　■

「ごめんなさい、冴子さん」

理由も言わずにひたすら謝ってから、直は携帯電話を切った。

あとから貴重な情報源を潰してしまったことがバレて、冴子の手加減のないイジメに合わなくても済むようにと、あらかじめ先手を打っておいたのだ。

それなのに……。

『マサミを連れ戻せなかったら、義一の仕事をもっともっと増やしてやるわよ。もしかしたら、働きすぎでインポになってしまうかもね。うふっ』

冴子からの返事は恐ろしいものだった。

うふっ……と笑った、その妖艶な笑みを想像することができた。

（マサミを見つけだすまで、家に帰れない――っ！）

凍えるほど寒い夜の街を、足が棒になるまで歩き回って、しかも中学生ホストに口説かれて……、そのうえ徹夜だなんてあんまりだ。

ガックリと肩を落としながらトボトボと歩いていたら、コートのポケットに放り込んでおいた携帯電話が、いきなり鳴り出した。

着信音はなぜかアニメソングである。

「わわ……っ。冴子さんだったら、どうしよう〜〜っ」

恐る恐る携帯電話を取り出した直は、通話ボタンを押したとたんに聞こえてきた相手の声に、思わずパッと笑顔の花が咲いた。

「神谷さん……？」

『私です』

「やっぱり神谷さんだ。非通知だったから、わからなかったよ」

「すみません。警視庁の電話を使っているので」

「いいよ。ちゃんと声でわかったもん」

さっきまで落ち込んでいたのに、直の声は元気いっぱいだ。

神谷に持たされた携帯電話だったが、仕事が忙しい神谷から電話がかかってくることはめったになかったので、うれしくてしょうがないらしい。

「仕事、終わったの？」

『いえ。今夜も帰れそうにありません』

「そうなんだ……」

ちょっだけ声が沈んでしまう。

——が、しかし。

自分もまだ帰れそうになかったので、直はそれほど気落ちしていなかった。

それよりもなにより、神谷の声が聞けてうれしかったのだ。

「留守番は任せて。神谷さんの代わりに、俺、掃除も洗濯もがんばるから。神谷さんは仕事をがんばって、早く事件を解決してくれよな」

直は話を続けながら、裏路地へと身を滑り込ませた。

表通りと道一本挟んだだけなのに、人通りもまったくなくなり、しんと静まり返っている。車の音も聞こえない。

（よしよし。これでようやく、神谷さんの声を落ち着いて聞けるぞ）

邪魔な騒音を消し去って、満足顔な直だった。

『それは明日、私がやりますよ』

「え……？」

『実は、明日一日、休みが取れました』

「うそ——っ。それホント、神谷さん？」

めったにない、神谷の非番。

思わず、自分の耳を疑ってしまう。

『明日の夕食は、久しぶりに外で食事をしましょう』

「やったぁ〜〜〜。豪勢にフランス料理がいいな」

『わかりました。ホテルのレストランに予約を入れておきますよ。部屋も取っておきますから、君もそのつもりで待っていてください』

「か、神谷さん……？」

これは、もしかしてもしかしなくても、神谷からのお誘いだった。

とたんに、直の顔が真っ赤になる。

相手の顔が見えない携帯電話でよかったと思った。が、しかし、神谷も同じように直の声が聞けてうれしそうに微笑《ほほえ》んでいたりするのだが……、めったに見れない神谷の幸せそうなその表情を、残念ながら直もまた見れなかったのである。

『明日を楽しみにしています』

そう言って、神谷からの電話は切れた。

久しぶりのデート。

——と、久しぶりのセックス。

後半部分はあまりうれしくなったが……。

それでもやっぱり、久しぶりの神谷の非番は、すごくすごくうれしかったのである。

だから——。

マサミを捜し出すまで帰れないとは、とても言い出せなかった。

「もうこーなったら、なにがなんでも、あのクソガキの首根っこをひっつかまえて、有明署の少年課に引き渡してやる——っ！」

かなり不埒《ふらち》な目的で、気合が入った直だった。


「スナオってば、こんなところにいたんだ。やっと見つけた」

ふいに声をかけてきたのは、例の店にいた少年である。

もう一度あの店に戻ろうと考えていたところだったので、ここで彼に会うことができたのは、願ってもないタイミングだった。

けれどそれは、直にフラれてしまった少年のほうにとっても、仕返しをする絶好のチャンスだったのである。

「よくも俺にあんなことをしてくれたな」

「なに言ってんだよ。たかが水を引っかけただけじゃん」

直が悪びれもなくヘラヘラと笑うと、悔しがっている少年の陰から、いかにも腕力で勝負します——、とばかりの屈強な体格の男が二人、直の体を値踏みするようにジロジロと見ながら、ゆっくりと近づいてきた。

暴力で決着をつけようというのは、お子様の考えそうなことだ。

「殴られてから犯されるのと、縛られてから犯されるのは、どっちがいい？　スナオに選ばせてあげるよ」

「どっちも遠慮する」

「だめだよ。選べなくても、どっちかを選択してもらう」

「究極の選択、ってやつか？」

「そう」

直はこっそりと溜め息をついた。

神谷と付き合うようになってから、どういうわけか、男に襲われることが多くなったような気がする。年上だったり年下だったり、相手の年齢はバラバラだったが……。

（――ったく。仕返しかよ）

どっちにしても犯される結果なんて、選びたくもない。

直が悩んでいるのは、大声を張り上げようか、防犯ブザーを鳴らそうか、スタンガンで応戦しようか……、ということである。

ちなみに、防犯ブザーとスタンガンは、冴子が用意してくれたものだ。

しかし――。

マサミの情報を握っているかもしれない重要な証人を、スタンガンで気絶させてしまったら、その大切な情報を聞き出せなくなってしまう。

なんとか用心棒だけ撃退できないものか……。

「そろそろ覚悟はできた？　俺の誘いを断らなければ、マサミの情報を入手できたし、三人もの相手をしなくて済んだのにね」

「…………」

直はなにも答えなかった。

まだ必死に考えいるのだ。

どうやったら、手際よく、さっさと、あとくされなく、マサミを捜し出して、冴子に引き渡せるだろうかと――。

すでに直の頭の中は、明日の神谷とのデートのことでいっぱいだったので、少年の脅迫など入り込む余地がまったくなかったのである。

「早く選んでよ。時間切れになるよ」

少年がしきりに直をせっつく。

しかし——。

答えは、とんでもない方角から飛んできたのだった。

「傷害容疑で逮捕するぞ。そっちの少年は、所轄の少年課が補導する」

少年と男たちが、いっせいに後ろを振り向く。

そして、直も——。

「市橋《いちはし》警視……？」

直は驚きながら、顔見知りの警察官の名前を呼んだ。

そこに現れたのは、救世主でも正義のヒーローでもなく、神谷の同期で警視庁生活安全課の課長、市橋邦弘《くにひろ》警視だった。

■　■　■

市橋との待ち合わせは、オールナイトで歌えるカラオケボックスだった。

管轄外のこの有明で、警視庁のエリート警視と未成年の高校生が、真夜中の繁華街を連れだってあるくわけにはいかないだろうという、市橋からの提案だった。

――が、しかし。

市橋の本心は、ライバルの神谷警視が連れ回しているというウワサの少年と、神谷抜きで自分と一緒にいるところを、誰にも見られたくなかったのだ。

それに、どうもこの少年といると、いつも自分のペースを乱されてしまうような気がして、警戒せずにはいられなかったのである。

カラオケボックスを選んだのは直だった。

密会するには、ちょうどいい場所ですよ。――そう言ったら、有無をいわさず、市橋のゲンコツが頭に落ちてきた。

おそらく、エリート街道まっしぐらの警視は、カラオケボックスという娯楽施設に足を踏み込んだのは、今回が初めての経験に違いない。

「あの人、どんな顔して待ってるのかな」

待ち合わせ時間に大遅刻しておきながら、直はちっとも悪びれもせず、心をワクワクさせながら、受付で教えられた番号の部屋のドアを押し開けた。

が、そのとたん――。

直はボーゼンと立ち尽くしてしまった。

部屋を間違えたかもしれない。

そう思わずにはいられなかった。

なぜならば、部屋の中で大音量でかかっていた、その曲というのは、

「これって、タコ焼き三兄弟の主題歌だろ？」

直も知っている、あまりにも有名なアニメの歌だったのだ。

ちなみに、神谷は知らない。

だから、同じキャリア組のエリート警視の市橋も、てっきりこういう流行モノとは無縁な人物なのだと、勝手に思い込んでいたのである。

直の頭の中でタンゴのリズムがずっと回り続けたせいで、なにも考えられなくなりそうになる。溜め息をつきながら後ろ手にドアを閉め、遠慮がちに腰を下ろした。

市橋は立ち上がって、きっちり三番までの歌詞を歌い切ったあと、マイクをテーブルの上に戻し、ようやく直の隣に座った。

「遅いぞ、不二丸くん」

「ええと……。ごめんなさい」

平然としている市橋に比べ、直はすっかり動揺している。

出足から調子が狂ってしまった。

恐るべし、タコ焼き三兄弟……。

「もう一曲歌ってからにしますか？」

「いや、いい。君を待ってる時間が暇だったので、適当に歌っていただけだ」

「あのぉ……。それでなんで《タコ焼き三兄弟》なんですか？」

「娘が好きで、家では一日中、この歌のCDがかかっている」

さらなるショックが直を襲った。

（娘だってぇ……？）

タンゴを吹き飛ばす勢いで、直の頭の中をその単語が駆け巡った。

「市橋警視って、子供がいるんですか？」

「妻もいる。当然だろう」

「うそだぁ……。だって、ぜんぜん、そうは見えないですよぉ」

「失敬な。妻帯していないと出世にも響くんだぞ」

「え……？　でもぉ……」

直は口ごもった。

頭に浮かんだのは、神谷の顔。

彼もキャリア組のエリート警視であるが、まだ結婚はしていない。

「神谷は例外だ。出世よりも、こんなものを選ぶんだからな」

コンナモノ呼ばわりされた直は、鼻の頭をかきながらエヘへと笑った。

警視庁捜査一課の管理官から警視庁安全課の課長に移動になり、これで忌ま忌ましいライバルの顔と、落ちこぼれ高校生の顔を見なくて済むし、彼らとの接点もなくなるだろうと、市橋は安堵《あんど》しながらよろこんでいたというのに……。

いちばんかかわりあいたくない少年とは、どうやっても縁が切れないらしい。

「——で、首尾は？」

「これがそうだ」

黒いアタッシュケースの中から取り出した茶封筒を直に手渡す。

その封筒には、直が調べてほしいと頼んでおいた人物のデータがプリントアウトされ、きっちりとファイリングされていた。

「さすがですね。三十分で調べあげてくるなんて」

せっかく誉めているのに、市橋は仏頂面《ぶっちょうづら》のままである。

目的が同じだったから、手を組んだのだが……。

『市橋警視もマサミを捜してるんだろ？　こっちの情報も教えるから、協力しない？　でも、このことは神谷さんにはナイショにしてよね』

お願いとばかりに、両手を合わせている直を見て、やっぱり手を組むべきではなかったと、後悔しはじめていた市橋だった。

「市橋警視って、いまどこにいるんですか？」

「警察庁安全課の課長だ」

「さっすが〜〜〜。着々と出世していますね」

思わず拍手したら、鋭い目付きでジロリと睨まれた。

神谷のように足を引っ張る存在がいないぶん、市橋は順調にピラミッドの頂点を目指して昇格しているようだ。

神谷のような悪趣味もなく、ちゃんと妻帯しているし……。

「市橋警視もマサミを捜してるんですよね？」

「ああ。我々以外の何者かも、彼を追っているようだ。大至急、その少年を警視庁で保護したい」

「何者かって……？　もしかして、担当している事件に、マサミが関係してるとか？」

「捜査上のことはなにも言えん」

神谷もなかなか融通が利かない男だが、市橋はさらに上をいくようだ。

身長も同じくらいだし、警察官になったもの同じ年。

真面目で堅物で神経質で不器用だが、市橋は誠実な男だった。

そんな市橋を、直は結構気に入っていたりするのだが……、神谷をライバル視している市橋に、どうやら直は敬遠されてしまっているらしい。

「そのデータ、さっきの少年のものか？」

「違います。なかなかひねくれた性格のガキなんで、搦《から》め手《て》でいくことにしたんだ」

「搦め手……？」

封筒を胸に抱き、直はニヤリと笑った。

性格がひねくれているのは、神谷仕込みである。

マサミのことなら、市橋より直のほうが詳しい。情報も多い。だいいち、市橋はマサミに会ったこともないのだから。

そんな市橋警視の仕事での弱みとプライベートでの弱みに付け込み、警視庁のコンピューターからわずか三十分で集めさせたデータは、いったい誰のものだというのだろう。

「あいつのパパのですよ」

「父親……？」

「血じゃなくて、体で繋がったパパのほうです」

一流の店には一流の客。

スキャンダルがご法度《はっと》の経済界の《パパ》ならば、たかがホストの一人くらい、あっさりと切り捨ててしまうことだろう。

「君は、いつもこんな危ないことをしているのか？」

「えっ？」

「神谷は、高校生を囮に使うのか?」

「ち、違いますよっ。これは神谷さんとは無関係です」

直はあわてて否定した。

――が、どうしても疑いが晴れない市橋だった。

この子はなぜ、神谷を庇《かば》うんだ――?

直は受け取った資料を見ながら、さっそく冴子に報告しようと、ジーンズのポケットから携帯電話を取り出しながら、ゆっくりと立ち上がった。

そのとたん、市橋が直の腕をつかんで引き留めた。

「約束だ。本を返せ」

直は白い歯を見せながらアハハと笑うと、放り投げるように脱ぎ捨ててあったコートのポケットの中から、書店のカバーがかかったコミックスを取り出し、市橋に手渡した。

人質に取っていたのは、『魔法少女マジカルななこ』の最終巻。

「市橋警視って、意外と少女趣味だったんですね」

「変な表現の仕方をするな。男が少女マンガを読んでどこが悪い」

「悪いなんて言ってませんよ。はい、これ」

直は楽しそうにニコニコと笑いながら、コートのポケットから取り出したものを、市橋の手の中に握らせた。

お礼のつもりらしい。

「マサミ捜しのために、ゲーセン巡りをしちゃいました。マジカルななこのＵＦＯキャッチャーは、ついでですよ、ついで。俺の汗と涙と根性の戦利品です」

「人を待たせておいて、ゲーセンか？」

いまさらながらに、直の遅刻の理由を知った市橋だったが……、すでに怒る気力もなくなってしまった。

悪びれない笑顔に、どうしても戦意がそがれてしまうのだ。

てっきり軽蔑《けいべつ》されると思っていたのに……。

まさか、人形を手渡されるとは思っていなかった。

直の行動は市橋の想定外のものだったが、直らしい行動である。

「誰か知らんが、さっさと電話してこい」

そう言って、市橋はプイと横を向いてしまった。

照れているのだろう。チラリと見えた市橋の顔が、ほんのりとピンク色に染まっているように見えたのは、目の錯覚ではない。

「終わったら、駅の改札で待っていろ」

「え……？」

「これの礼をしてやる」

「うそぉー。市橋警視、ＵＦＯキャッチャーのやり方知ってるんですか？」

「うるさいっ。ほら、早く行け」

　ゲーム機に張り付いている市橋の姿が、どうしても想像できなかった直だったが、エリート警視の意外な素顔をかいま見たような気がして、思わず顔をニヤつかせながら、外へと飛び出していったのだった。

# 6

さすがに真夜中の駅はひっそりと静まり返っていた。

時刻は午前四時。

夜中というよりは、すでに明け方に近い時間である。

直は昨夜と同じように階段の途中に座り込んで、改札口をじっと見つめていた。

「おっそいなぁ……。なにやってんだろ、市橋《いちはし》警視」

朝帰りのコギャルたちが、さっきから不思議《ふしぎ》そうな顔でこっちの様子《ようす》をうかがっていたので、直はニッコリ笑いながら手をヒラヒラと振ってやった。

「俺が大遅刻をしたから、その意趣返しとか？」

それとも、約束を忘れられてしまったのだろうか。

まさかまさか、新手のいやがらせとか……。

「あと五分だけ待ってこなかったら、もう帰っちゃうからな」

そう言いつつ、すでに三十分が過ぎている。

何度も何度もあくびをこらえながら待っていたが、どうやら限界のようだ。

二晩続けて寝不足だったのだから、しょうがない。

膝を抱えるようにして、その上に頭を乗せ、居眠りをはじめたときだった。

「不二丸くん」

夢うつつの中で、自分の名前を呼ばれたような気がした。

しかも、いまいちばん会いたい人の声だった。

「神谷《かみや》さん……?」

ゆっくりと目を開け、顔を上げた。

次の瞬間——。

直の目に飛び込んできたのは、恋しい人の優しい笑顔だった。

「あれ?　どうして神谷さんがここに……?」

「またこんな場所で寝ていたのですか、君は。凍死すると、忠告したばかりですよ」

「やっぱり、神谷さんだぁ……!」

眠気を覚ますように、何度も目をゴシゴシこすっている直に、神谷は自分の携帯電話を差し出して見せた。

「市橋から電話がありました。君を迎えにいくようにと」

「まさか……」

これが、お礼——？

UFOキャッチャーの人形などではない。

ちゃんと本物を送り込んでくるあたり、さすがはエリート警視。

直はしきりに感心しながら、うれしそうに笑った。

「神谷さん、仕事は終わったの？」

「ええ。日付も変わったし、今日は久しぶりのオフですよ」

神谷にそう言われて、あわてて神谷の腕時計を覗き込んだ。

日付が変わっていることを、しっかりと確認する。

——それは、神谷と二人っきりで過ごす、休日のはじまりでもあった。

「家に帰りますよ、不二丸くん」

「うん。あっ、待ってよ、神谷さん」

直は御機嫌な笑顔を浮かべながら、神谷の背中を追いかけて走った。

# 7

冬休みが終わり、二学期がはじまった。

山のような課題プリントを、神谷《かみや》と鳥居《とりい》ツインズに手伝ってもらって、なんとか終わらせることができた直《すなお》は、始業式に間に合ってホッと息をついていた。

——が。

二週間ぶりの懐かしい2年A組の教室に戻ってきたとたん、いきなり入院した担任の変わりの新任教師が、黒板の前で直たちを待っていたのだ。

「ハーイ。今日から君たちのクラスを受け持つことになった、マイケルです。見てのとおり、金髪碧眼の外人だけど、日本語ペラペラだぜ。みんな、よろしくなーっ」

日本人の教師っぽく、きっちりとスーツを着こなしているけれど……。

(あれは間違いなく、あのときの変態外人じゃないか——っ!)

マイケルと名乗った新任教師を指さしたまま、直の体が固まってしまった。

ホテル・ローズガーデンでの、あの男の悪行を忘れてはいなかったのだ。

神谷のＦＢＩ時代の同僚、マイケル。

敵か味方かわからない、謎の人物。

「マイケルがどうして、うちの学校にいるんだよ――っ！」

思わず、教室中に響き渡る声で絶叫した直だった。

――が、しかし。

誰からも、その答えは返ってこなかった。

「ついでに、転校生も紹介しま～～～す！」

マイケルがルンルンと弾んだ声でそう言うと、教室の前のドアから、スーツ姿の少年が恥ずかしそうに俯きながら入ってきた。

制服が間に合わなかったのだろう。――が、その高級スーツを見る限りでは、かなりな家柄のお坊ちゃんらしい。

身長も体格も、直と同じくらいだ。

性格は正反対そうだったが……。

「さあ、転校生くん。自分の名前を言ってくださーい」

変なアクセントの外人教師に促されて、転校生が小声で名前を言った。

「円城寺有人《えんじょうじありひと》です。よろしくお願いします」

アリヒト……?

直の心臓がドキンと高鳴った。

似通った名前に、嫌というほど、聞き覚えがあったから——。

(まさか、な……)

そうは思ったものの、マイケルと一緒に直の前に現れた転校生への疑惑は、どうしても打ち払えなかった。

そんな直を、転校生とマイケルが、意味ありげな笑みを浮かべながらじっと見つめていたことに、直は気づくことができなかったのだった——。

# スリルと雪の警戒警報

# 1

型破りの寒波襲来――！

テレビの天気予報が、朝からひっきりなしに喚《わめ》いていた。

観測史上にない大雪のニュースは、テレビ・ラジオで何度も何度も繰り返し放送され、警戒と注意を人々に促していたのだ。

しだいに強まる雪と風。

時間が経《た》てば経つほど気温が下がっていき、吹雪《ふぶき》はさらに激しさを増し、やがては交通機関がすべてストップしてしまうだろう。

朝の職員会議の結果、姉崎《あねざき》高校の授業は、午前中だけでカットされた。

生徒たちの安全を考えての判断である。

短縮授業が行われ、十二時にはいっせい下校の放送が全校舎内に流され、その一時間後にはすっかり人影もなくなった。

ところが――。

学校内に取り残された生徒がいたのである。

しかも、二人も……。

逃げ遅れた不二丸直《ふじまるすなお》と鳥居世津《とりいせつ》は、運悪く猛吹雪の中に閉じ込められ、進むことも引き返すこともできなくなり、あわてて駆け込んだ『ミステリー研究会』の狭い部室に、たった二人っきりで孤立されてしまったのだった。

吹雪の山荘ではなく、吹雪の姉崎高校――。

推理小説でよくある密室殺人のシチュエーションではないが、姉崎高校の副生徒会長で将棋のプロ棋士でもある世津は、勝負師としての勘と天才的なその頭脳で、なにやら事件が起こりそうな予感を感じていたのだった。

## 2

「うひゃあ〰〰〰。冬山で遭難した気分だよなぁ」

直《すなお》はそう叫びながら、部室のドアを蹴破る勢いで飛び込んだ。

『ミステリー研究会』は、今年度からようやく同好会として認められたばかり。

部員わずか五名の弱小クラブだった。

――なので、部室といっても、裏庭の元園芸用物置だったというボロボロな小屋を、学校側に頼み込んで使用させてもらっていたのだ。

ドアのカギもかからないような、古い建物である。

風が吹くたびに窓ガラスがガタガタと揺れ、どこからともなく冷たい風がピューピューと室内に吹き込んでくる。

――が。

それでも、視界ゼロの吹雪《ふぶき》の中に立ち往生するよりは、よっぽどましだった。

「雪だるまにならずに済んでよかったぜ。なあ、世津《せつ》」

「僕は直みたいに、そんな楽天的な気分にはなれないよ」

「心配すんなって。なんとかなるさ」

直は笑いながらそう言って、雪まみれになった頭をプルプルと振り回した。

髪の毛先から白い結晶が飛び散っていく。

雪だるまと言ったのは決して冗談などではなく、たっぷり重いほど降り積もった頭の上の雪を、直は何度かその動作を繰り返しながら払い落としていた。

まるで子犬のようだ――。と、世津は思った。

思わず和んだ目をして、直に見とれてしまう。

世津のその視線に気づいたのか、直がキョトンとした。

「どーしたんだよ、世津」

「な、なんでもないっ」

世津はあせった。

可愛いな……と、つい見とれてしまっていたなんて、とても口にはできない。

「それより、今後のことを考えないと――」

いつもの冷静さをなくした世津は、なんとかごまかそうと、わざとらしく話題をすり替えてしまったのだが……、無邪気で人懐っこくて元気いっぱいでお子様な性格の幼馴染みは、まったく気づいた様子《ようす》もなかった。

（助かった……。直にバレなくて、よかった）

胸をホッと撫《な》で下ろし、安堵《あんど》したけれど……。

それはそれで、少し悲しい気もする。

世津は直のことが好きだった。

大切な幼馴染みであり、仲のいい親友であり、遠慮なく言い合えるケンカ仲間でもあるが……、世津にとってはそれ以上に、恋しくて愛しい相手なのである。

恋愛対象として、直のことが好きなのだ。

――つまりは、寒さに赤くなった林檎のような頬や、指先を暖めようと息を吹きかけている唇や、髪の毛に降り積もった雪を払い落とすその仕草に、ムクムクと下半身の欲望が目覚めてしまうのである。

雪まみれになった直が色っぽいと思うのだから、さすがに、これはもう《恋》以外のなにものでもないだろう。

だから、実はこの状況は、世津にとってかなり危ないシチュエーションだった。

外は吹雪。

しかも、ボロくて狭い部室に二人っきり。

こんな密室的で美味《おい》しい設定の中で、果たして自分の理性がどこまでもつか……。

しだいに薄暗くなっていく空と、降り止みそうもない窓の外の雪景色を見ながら、どっぷりと気が滅入ってしまう世津だった。

いままで幼馴染みという関係が保ってこれたのは、ひとえに世津の理性と忍耐力の賜物《たまもの》だったのである。

大好きな相手に無理強いはできない。

恋敵のケダモノ警視と違って、真面目《まじめ》で真摯《しんし》な世津だった。

──しかし、残念ながら、そのせいで、あとからやってきたエリート警視に、大好きな直を横取りされてしまったのだが……。

それでも、世津はあきらめなかった。

いままで築いてきた関係は壊したくないが、自分の気持ちを偽ることもできない。

だからいまは、自分の理性を信じるしかない世津だった。

──が、しかし。

そんな世津の苦悩も知らず、無防備で警戒心さえ持ってくれない片思いの彼は、凶悪なほどの笑顔と無邪気さで、大雪と強風に昇降口で立ち往生していた世津を見つけると、小学生のように手を繋ぎ合って、ここまで世津を引っ張ってきてしまったのだ。

狼に狙われている自覚のない、呑気な小羊である。

そのうえ、無意識のうちに誘ってくるのだから、始末に負えない。

「いい加減に僕の手を離してくれないか、直」

「なんで？」

「息を吹きかけるなよっ」

「別にいいじゃん。せっかく暖めてやってんのに。文句を言うなよな」

いっそこのまま押し倒してやろうか——！

と、世津は思わず、そんな物騒なことを考えずにはいられなかった。

直の手が触れている。直の息が吹きかかる。……そんなたわいもないことで、腰がズンと重くなってしまう、飢えた狼くんだった。

「少しは俺に感謝しろよな、世津」

「なんで僕が……」

「あんな場所で立ち往生してたから、一緒に連れてきてやったのに……。そんな冷たい言い方ってないじゃん」

「……ったく。どっちがだよ。僕がおまえを迎えにきてやったんだぞ」

「えっ？」

「完全下校なのに家に帰ってこないって、古都子《ことこ》が心配して僕に泣きついてきたから、わざわざ雪の中を学校まで戻ってきてやったんだ」

「心配させたのは、悪かったけど……。でも、古都子に頼まれなかったら、世津は俺のこと迎えにきてくれなかったのか？」

「えっ？　それは……」

意外と鋭いその突っ込みに、世津はうろたえた。

直がまだ帰宅していないと聞いたとたん、手袋もマフラーも持たずに、あわてて家を飛び出した世津だった。

――が。照れ臭くて、なかなか言い出せなかったのである。

「薄情な幼馴染みだよな、世津は」

直はプンプン怒りながら、ようやく世津の手を放した。

ちょっと名残《なごり》惜しい気もしたが、下半身が暴走をはじめるまえに、なんとかその原因が離れていってくれたので、世津はホッと胸を撫で下ろした。

ところが――。

いきなり制服を脱ぎはじめた直に、世津は思わず取り乱して大声をあげてしまった。

「す、直……っ。こんなところで服を脱ぐなんて、はしたないっっ！」

「はしたない？」

直は大きな目をキョトンとさせて、世津を振り返って見つめてくる。

邪心がある世津にとっては、直がなにげない行動だと思っていることさえ、ヨコシマな目で見てしまうのだ。

「雪を払ってるだけだぜ」

「だからって、なんで脱ぐんだよっ」

「しょうがねーだろ？　制服の中まで雪まみれなんだから」

部室の真ん中にある古い机の上にカバンを放り投げ、学生服の上着を脱いで雪を払い落としながら、なんで自分が叱《しか》られているのかわからずに、直がムッとした顔をする。

しかし、上着を脱いだくらいなら、世津だって大声はあげない。

「なにやってるんだ、直。なんでズボンまで脱ぎはじめるんだっ！」

「だって、パンツの中まで雪が入り込んだような気がして……」

「気のせいだっ。錯覚だっ。だから、パンツは脱ぐな――っ！」

突然、顔を真っ赤にしながら怒鳴《どな》り出した幼馴染みを、直は不思議《ふしぎ》そうに見つめた。

どうして世津が恥ずかしがっているのか、もちろんわかっていない。

「おまえも脱いで雪を払っておいたほうがいい。解けて濡《ぬ》れると、やっかいだぞ」

「僕は遠慮させてもらう」

「男同士で恥ずかしいのかよ。世津って、意外とシャイなんだな」

「うっ……」

それは大きな誤解というもの。

裸同士の付き合いを望んでいるのは、むしろ世津のほうだった。

しかしそれは、直が思っているような、健全なものではない。

不健全極まりない、性欲という代物だったのだから——。

シャイどころかエロパワー全開である。

「別にいいじゃん。パンツまで脱げって、言ってないだろ？」

「それは……そうだけど……」

「照れるなよ。子供の頃から、世津の裸なんて見慣れてるもんな」

「僕だって……。それはお互い様だよ」

「フーッ。ようやく脱ぐ気になったか」

まんまと直に言い含められてしまったようだ。

世津はヨコシマな思いを隠しつつ、渋々と学生服の上着を脱ぎはじめた。

たしかに、直の言うとおり、襟元から入り込んだ雪が、ワイシャツにまで張り付いていた。払い落としておかなければ、濡れたシャツを着なければならないことになる。

——と、そのとき。

世津の上着のポケットから、なにかが転がり落ちた。

小さな将棋の駒が、直の足元に転がっていく。

（あっ——。しまった！）

あわてて拾おうとした世津よりも早く、《王将》と刻まれた古い駒は、直の手に拾い上げられていた。

「こんな日にまで、持ち歩いてんのかよ。さすがプロだな、世津は」

直が感心するように言った。

世津が直に勝てるのは、勉強と将棋だけである。子供の頃は、それさえも勝てたことがなかったのだが。

お子様だと思っていた直に、いつの間にか、年上の恋人ができていた。

いろいろな事件に巻き込まれているようだが、そのたびに子供っぽさが抜けて、大人びた瞳をするようになっている。

本人に自覚はないが、色っぽさも増した気がする。

世津はあせっていたのだ。

自分だけ取り残されていくような、不安を感じて――。

だから、せめて直に認めてもらえる男になろうと、ことさら真剣に将棋に取り組むようになったのだ。

「対局が近いのか？」

「まあね。一週間後だよ」

「がんばれよ。ほら」

そう言って、直が駒を返してきた。

世津は心の中で苦笑いを浮かべながら、お守り代わりにしていた将棋の駒を、手のひらの中にそっと握り締めた。

　まさか、間近に迫った対局のためではなく、直への邪まな気持ちを落ち着かせるためのお守りとは、さすがに言えなかったのだが……。

「王将ってとこが、世津らしいよな」

「笑うなよ。いいだろ？　なにを持ってても」

「ごめん。誰かさんに似てるなぁ、って思ったから、ついおかしくて……」

「えっ？」

「神谷《かみや》さんのタバコみたいなもんだろ？　世津のそれも」

　不意打ちのように恋敵の名前を出されて、世津は言葉を詰まらせた。

　いちばん比べてほしくない相手だ。

　似ていると言われても、ちっともうれしくない。

「それより、こうなった経緯を説明してもらおうか。僕は巻き込まれたんだからな」

「俺に説教するより、異常気象に説教してくれよ」

　直はそう皮肉って笑ったが、いきなり机を両手でバンと叩かれ、笑いが止まった。

　世津の顔が副生徒会長のそれに変わっていた。

「僕は生徒会の役員として、いっせい下校の校内放送を無視した、不届き者を説教するつもりだよ」

「なんだよ、不届き者って……っ！」

世津の言葉にムッとしながら、直がそう言い返してきた。

「無視したんじゃなくて、聞こえなかったの。授業をサボって居眠りしてたから」

学校に登校してきた早々にエスケープを決め込み、緊急校内放送も聞かずに、休憩室代わりにしていたいつもの生徒指導室に潜り込んで、呆れるほどたっぷりと熟睡していた、とんでもなく呑気な生徒である。

直の話を聞くうちに、姉崎高校副生徒会長は頭を抱え込みたくなった。

「校舎もきっちり戸締まりされちゃってさ、俺、窓から抜け出してきたんだぜ」

「こそ泥のような真似《まね》をするんじゃない。だいたい直は、居眠りをするために学校へきているのか？　落第したらどうするんだよ。今回の追試テストも、また赤点ギリギリだったんだろ？」

「チェッ。失敗した。鬼の副生徒会長と一緒なんて、かなりうざいかも……」

世津に背を向けて、こっそりと舌打ちした直だったが、愚痴《ぐち》は筒抜け状態である。

たしかに直は、生徒会のブラックリストのトップに名が載る問題児だったが、世津が直をしつこく構うのは、副生徒会長としての使命に燃えているからではない。

いつも目が離せないのは、直が、気になってしょうがない存在だったからだ。

誰かに任せることもできないし、放ってもおけない。

世津にとって、直はなによりも大切な存在だった。

「世津こそ、なんで俺を迎えにきたんだよ。古都子に頼まれたって、無視すればよかったんだ。問題児の俺のことなんか、ほっとけばいいのに」

そろそろ日が暮れてきたのか。

部室の電気のスイッチを入れながら、今度は反対に直が世津にそう聞いた。

勝手知ったる後輩の部室。

直に懐いている後輩の古葉良平《こばりょうへい》が入部してから、いつの間にか、『ミステリー研究会』の部室が昼寝場所のひとつになり、部員ではないのに、ずうずうしい先輩の直が、我が物顔で入り浸ることが多くなった。

電気を点けて室内を明るくしてから、良平のものであるらしい、ピンク色の花柄タオルをどこかから引っ張り出してきた。

良平は男子高校生のくせに可愛いキャラクターのグッズが大好きで、乙女ちっくで少女趣味な直の母親の桃子《ももこ》さんと、大のと仲良しさんなのである。

「俺を捜しにきたんだろ？　いままでどこにいたんだよ。まさか、世津もうっかり居眠りしてたとか？」

「失礼な——！　おまえと一緒にするな。僕は運悪く担任に捕まって、駐車場の雪かきを手伝わせられていたんだ。それから直を捜し回ったから遅くなってしまって、校舎から締め出され、校内に取り残されてしまったんだ。僕には正当な理由がある」

「あ、ひでぇ……。俺にだって、ちゃんとした理由があるもん」

「居眠りは正当な理由にならないぞ、直」

「そーなの？」

「バカっ。本気で思うなよ、そんなこと」

呆れて深い溜め息をつく副生徒会長の手元に、持つのも使うのも恥ずかしい、ピンク色のタオルがふわりと投げ渡された。

雪で濡れた顔をざっと拭き取ったあと、直が世津に放り投げてきたのだ。

「それ使えよ。他にタオルないみたいだから」

「ないのか」

思わず世津が聞き返す。

やっぱりピンク色には抵抗があるらしい。

「しょーがないだろ？　ミス研はほとんどが幽霊部員だから、真面目に活動している良平のものしか、この部室にはおいてないぜ」

「そうか」

かなり神経質なところがある世津は、他人の使用済みタオルなんか、とてもおぞましくて使えなかったが、それが直となれば話は別である。

（直の匂いが染み込んだタオル……。これはぜひ、お持ち帰りしなければ――！）

と、世津はタオルに顔を埋めて、うっとりしていた。

このままずっと、愛しい人の匂いに触れていたかったのだが……、冷ややかな直の視線を受けて、名残惜しそうにタオルから顔を引きはがした。

「なにやってんだよ、世津……。さっさと顔を拭けよ。そのタオル、そのあとに、また俺が使いたいんだからさ」

「ああ。わかった」

そう返事をした世津は、冷静さを保っていられるギリギリの状態だった。

ちょっとでも気を緩めれば、顔がニタニタとだらしなく崩れてしまいそうだ。

直が使ったタオルに顔を埋められただけでも、自己陶酔してしまったのに……、自分が使ったタオルを直が使用するとなれば、煩悩《ぼんのう》が爆発しそうである。

すっかり変態オヤジの気分に浸っていた世津は、胸をドキドキときめかせながら、直にタオルを手渡したのだが……。

「そういえば、古都子と良平って、仲がいいよな？　古都子のやつ、ちょくちょくこの部室に顔を出してるみたいだし」

「推理小説のオタク仲間だからな」

「同好会から部に昇格って、ホントかな？」

「さあね。僕は知らない」

「もしかして世津って、良平のこと嫌ってるのか？」

「微妙かな」

世津はガックリと項垂《うなだ》れながら、投げやりな返事をした。

ものすごく期待をして、待っていたのに……。

直の手に渡ったタオルは、世津の煩悩と期待を大きく裏切って、直の濡れたカバンを拭いたあと、無造作にイスの背に引っかけられてしまったのだった。

（直、それはないだろう……）

恨みがましくシクシクと心の中で泣きながら、世津は残念そうに肩を落とした。

たかがタオルに、未練タラタラである。

「そういえば、世津はなんだって昇降口なんかに、ずっと突っ立っていたんだ？　カギはとっくに閉められてただろ？」

「そ、それは……っ」

直の鋭い突っ込みに、思わず世津は言葉をなくしてしまう。

まさか、それでもあきらめきれずに、直を待ち伏せしていました。……なんてことは、本人の前では絶対に言えない。

直と一緒に登下校するのが、世津のささやかな楽しみだった。

二人っきりなら、なおさらいい。

そして、できれば、手をつなぎ合って……と、とても可愛らしい願いである。

猛吹雪のおかげで、世津の夢見る少女のようなその願望は、いきなり実現化してしまったのだ。

それも、いっきにステップアップしそうな危ないシチュエーションで——。

「もしかして、あそこで誰か待ってたのか？」

思いついたかのように言った、直のその言葉に、世津はギクリとした。

なかなか鋭い突っ込みである。

いつもは天然ボケしているくせに、大事な部分にはしっかりとチェックが入っていたりする。

さすがは元天才少年。

世津が認めた唯一のライバルである。

ああ、それなのに……。

どうしてそれが自分のことだと、直はわかってくれないのだろう……。

ちょっぴり切なさを感じていた世津だった。

「あはは……。その顔からすっと、ビンゴか！　まさかまさか、世津の彼女？」

「彼女、じゃない」

「なんだよぉ〜。隠すなよ。古都子にはヒミツにしてやるからさ」

「違うって言ってるだろ！」

世津はきっぱりと否定した。

『彼女』ではなく、『彼』だったのだから——。

「いいじゃん。教えてくれたって。世津のケチーっ！」

「そんなに知りたければ、教えてやってもいいけど……。後悔してもしらないぞ」

「えっ……？　なに……ちょっと……！」

「直が言い出したことだからな。逃げるなよ」

「せ、世津……っ？」

怖い顔で近づいてくる世津に、本気で直はビビってしまっている。

そこには、直が知っている世津とは、まったく別人の世津がいたのだから……。

直の無邪気な好奇心と警戒心のない無防備さが、無意識のうちに世津のスケベ心に火を焚《た》き付けてしまい、世津は極度の緊張と興奮のせいで、顔の筋肉をピクピクと引きつらせながら、唇から熱い息を洩《も》らしていた。

いままで何度、こういうシーンを夢見たことか……。

思わず、世津の喉がゴクリと鳴る。

いよいよ場面は、クライマックスだ——！

世津の熱い唇が直の唇に触れようとした、その瞬間である。

ビュ――ッ。

いきなり、いままでにない突風が起こり、
ガタガタガタ……。

窓ガラスが割れそうないきおいで激しく揺れ、
パシッ――。

切れるように、室内の電気が消えてしまった。

突然の真っ暗闇が二人を包み込んだ。

「うぎゃ――っ！」

「おい、直……？」

ものすごい悲鳴をあげたあと、いきなり直が抱き着いてきた。

いちばん間近にいた世津に、助けを求めて、タックルするような勢いで、必死にしがみついてきたのだ。

とっさのことだったので、世津は直のことを受け止めきれず、大きくバランスを崩してしまった二人の体は、抱き合うようにして床に転がってしまったのだった。

「いたっ……！」

世津は無意識に直を庇《かば》うように倒れたため、後頭部を思い切り床にぶつけてしまい、顔を歪《ゆが》めながら痛みに低く呻《うめ》いた。

あたりの様子を探ろうとしたが、なにも見えない。

吹雪の音が激しさを増している。

さっきの暴風で、どこかの送電線が切れてしまったのかもしれない。

電気が消えて、部屋の中は真っ暗だった。

——が。幸いにも、どうやらボロボロな部室は、かろうじて崩壊の危機を免れることができたようだ。

現在の状況を冷静に把握してから、世津はようやく上半身を起こした。

まずは大切な彼の安否を確かめることが優先だ。

「大丈夫か、直」

世津は手探りで直の顔を捜しながら、そう声をかけた。

「す、直……っ？」

返事の代わりに、いきなり首根っこにギュッとしがみついてきた。

あまりにも必死に抱き着いてくるので、冷たい床に座り込んだまま、世津は立ち上がることもできずに、脅えてブルブルと震えている直の体を抱き締めていた。

「俺、こーいうの苦手……」

暗闇を怖がりながら、直は泣き出しそうな声で、ボソリとつぶやいた。

相変わらず、好奇心が強いくせに怖がり屋なところは、子供の頃からまったく変わらないなと、世津は懐かしさと愛しさを募らせた。

ところが――。

この体勢が、非常にまずかったのだ。

かなり、危ない状況だった――！

世津の首筋をくすぐるように、直の熱い息が、ちょうど吹きかかってくるのだから、邪まな想いを抱えている世津にとっては、たまったものではない。

それでなくても、いままでにない大接近だ。

こんなに自分のすぐ近くに直がいて、こんなふうに体と体がピッタリと密着していて……、男の欲望が刺激されないわけがない。

実際、世津の下半身がズンと重くなった。

「あれ？　世津の心臓、ドキドキしてないか？」

「……してるかもな」

世津はどうすることもできずに、苦笑しながら答えた。

興奮しているのは心臓だけではない。

股間のモノも、ドックンドックンと熱く脈打ちはじめていたりする。

制服のズボンの前の部分がこんもりと膨らんできて、世津の大事な分身が、早く欲望を解き放ちたいと熱く疼《うず》き出している。

それなのに……。

世津を天国へと導いておきながら、いきなり地獄の底へと突き落としたのも、やっぱり直だったのである。

「そーかぁ……。世津も暗闇が苦手なんだぁ〜。でも、だいじょーぶ。俺がついててやるからなっ。安心しろよ」

自分だって怖いくせに、直は強がってみせた。

世津のドキドキの理由を、やっぱり世津も自分と同じように暗闇が怖いのだと、すっかり勘違いしてしまったらしい。

以前、古都子に無理やり誘われて行った、人気のテーマパーク、その幽霊屋敷のアトラクションでの苦い経験が、直の頭の中によみがえってきたのかもしれない。

――が、しかし。

自分とはレベルがまるっきり違う勘違いをされたまま、それでも自分を気遣ってくれる直の優しい心に、世津は間違いを訂正する機会を失ってしまったのだった。

「だいじょーぶ。俺がいるから怖くないだろ？」

世津の顔を見上げて、ニッコリと笑う、純粋無垢なその笑顔。

（ま、負けた……。僕の完敗だよ、直）

世津の邪まな心が、直の無邪気な笑顔に勝てるわけがない。

ああ、それなのに……。

理性と忍耐力と気力だけを頼りに、必死に自分の股間の欲望を押さえようとしていた世津を、さらなる不幸が襲いかかってきた。

「もしかしてさぁ、今晩はここに一泊、ってことになんねーよな？」

ところがところが。

直の予想は的中してしまったのである。

一晩中、直と二人っきり。

うれしいやら悲しいやら……。とっても複雑な心境の世津だった。

■　■　■

「積雪量を甘くみすぎちまったぜ」

ミステリー研究会の部室に一泊することが決定的になった、直の素直な感想である。

なにがなんでも家に帰ると言い張っていた世津も、目の前の巨木の枝がボキッと真っ二つに折れる様子を見て、ようやく観念したところだった。

「ロウソクを常備しているとは、たいした部室だな」

「ああ。それ、良平のオカルトグッズだぜ」

そう感心していた途中で口を挟まれ、深い溜め息へと変わってしまった。

父親のほうの警部とも付き合いがあるが、あの父にしてこの息子。つくづく理解不能な後輩だと、世津は思った。

弱小クラブの部員である良平は、推理小説好きで探偵志望であるが、姉崎高校きってのオカルトマニアでもある。

古い机の上でぽわんと淡い明かりを灯しているロウソク。

このロウソクの本来の使用目的を考えると、恐ろしいものがあるが……。それでも、とりあえずは、直と世津の唯一の光源となっていた。

「あ〜あ。腹減ったなぁ……」

直はイスをガタガタと鳴らしながら、独り言のように不満を訴えた。

育ち盛りの高校生だ。

どんな状況でも、やっぱり腹は空くのである。

それに今日は、昼飯も抜いてしまったのだから、キュルキュルと腹の虫が派手に鳴き出して、空腹を訴えるのも無理はない。

「コンビニに行って、食い物を調達してこようかなぁ……」

「バカっ。出歩ける状態じゃないだろうが」

「……だって。ひもじいよぉ〜〜〜〜っ！」

直はクスンクスンと泣きマネをしながら、赤ん坊のように親指をしゃぶった。

机を挟んで向かい側のイスに座っていた世津は、思わずクラリとめまいを起こしそうになってしまった。鼻血を吹き出さなかったのは奇跡である。

凶悪なほど可愛いその仕草に、

『僕の指も舐めてくれ――っ！』

と、煩悩を叫び出しそうになる。

「そうだ。ケータイで神谷さんを呼び出そうぜ。警視庁には緊急時の特殊部隊があるっていうから、出動してもらおう。警察の科学を終結させた特殊装備をもってすれば、コンビニへの買い出しも可能だからな。吹雪なんてへっちゃらだぜ」

「直……。なんで救出じゃなく、買い出しを頼むんだ？」

思わず呆れてしまった世津だった。

しかも、よりにもよって、警視庁のエリート警視に助けを求めるなんて……。

恋敵の名前を聞いたとたん、状況もなにもかも忘れて、ムカムカと腹が立ってきた。

つい直に八つ当たりをしてしまう。

「警察を呼ぶくらいなら、消防のレスキューを呼ぶよ。僕は、警察に借りなんか作りたくないからね」

本心は、警察ではなく、神谷にである。

「借りって……。こんなところで餓死《がし》するほうが、みっともないと思うぜ」

羞恥心《しゅうちしん》よりも食い気が勝っている、元気少年の直だった。

腹いっぱいに食べられるなら、たとえ特殊部隊に救出されている映像をテレビのニュースで流されたとしても、彼はまったく平気なのだろう。

ところが、常識人の世津の考えは違う。

それに、もし神谷に借りを作ってしまったら、あとでどんなイヤミを言われ、なにを要求してくるか、わかったものじゃない。

とにかく、自力でこの窮地《きゅうち》をしのがなければならなかった。

「僕たちは肝心なことを忘れていたよ、直」

「なに？」

「この悪天候では、携帯電話の電波が飛ばない」

「げげっ……！」

世津の指摘を受けて、直は渋々と計画を断念した。

とたんに、腹の虫がキュルキュルと鳴き出した。

「あ～あ。こんなことなら、居眠りなんかするより、早弁しておくべきだった」

「一食ぐらい抜いても死なないよ」

「二食だよ」

「二食でも、死なないっ！」

そう叫んだ瞬間、世津の胃袋が、
ギュルルルル……。

と、大きな音を立てた。

世津はドキッとして、あわてて両手で腹を押さえたが、元気に鳴く腹の虫を押さえることはできなかった。

「すっげぇ……。俺よりデカイ音じゃん」

「うっ――」

イヤミたっぷりに言われた世津だったが、気まずさに、なんの反論もできない。

鬼の副生徒会長と呼ばれ、十四歳でプロ棋士になり天才少年と呼ばれた、いつも冷静で落ち着き払った世津の顔が、熟れたトマトのように真っ赤に染まった。

羞恥心に、ボッと火がついたようだ。

「食わなくても死なないんだったよな？　セ～ツ」

気まずそうに俯いてしまった世津の顔を覗き込みながら、直がニヤニヤと笑った。

優等生の世津に勝てることなんて、めったにない。

直は珍しく優位な立場になった優越感に浸りながら、ここぞとばかりに幼馴染の彼に仕返しをしてやることもできたのだが……。

困っている世津の顔を見て、ただ笑っているだけだった。

「……でも。可哀想だから、世津にも半分やるよ」

「えっ？」

意味がわからずに、世津は首を傾げた。

「俺たち親友だもんな」

直はニッコリと笑うと、ズボンのポケットの中から取り出したものを、パキンと半分に割って、世津のもとに差し出してきた。

それは、食べ残しの板チョコだった。

エスケープ中に半分まで食べて、そのまま銀紙に包んで、ポケットにしまい込んでおいたのだろう。

「えっへへ……。チョコでもいくらかはマシだろ？」

屈託のない、直の笑顔。

自分だって空腹のはずなのに、世津にチョコを分けてやることに、なんの迷いもためらいもない。

キュン……。

と、世津のハートが切なくときめいた。

二度惚れとは、こういうときの心境を言うのかもしれない。

世津の心臓に矢が突き刺さった。

ピンク色の矢である。

直の花のような癒《いや》しの笑顔に、見事に射抜かれてしまったのだった。

ドキドキドキ……。

心臓の音がどんどん大きくなり、呼吸が速くなっていく。

しかし、熱くなっていく自分の体を、世津はどうすることもできなかった。

「えっと……。たしか、こっちのポケットにもあったはず」

直はそう言うと、今度は反対側のポケットにも手を突っ込んでみた。

いったい何個出てくるのやら……。

くしゃくしゃになった銀紙から、体温で溶けてドロドロになったチョコが出てきた。

尻とイスに挟まれ、直の体温にずっと暖められたせいですっかり溶けてしまったらしく、

取り出した直の手がチョコまみれになっていた。

「うわぁ～。手がベトベトだ。なんか気持ち悪いよぉ～」

直は自分の手を見ながら、不快そうに声をあげた。

すぐにでも手を洗いたかったが、あいにくと、ここには水道が引いてない。

タオルで拭き取ったぐらいではさっぱりしないだろうし、こういうものは一度気になってしまうと、とことん気になってしまうものなのである。

「ベトベトは嫌だぁ〰〰!」

大声でわめいていた直が、ふと窓の外に目を向けた。

なにかをひらめいたかのように、瞳を輝かせる。

「そうだ。天然自然水で洗ってくる。雪は解けると水になるもんな」

たしかに、そのとおりなのだが……。

部室を一歩出た外の世界が、立っていられないくらいの猛吹雪になっているということを、直はすっかり失念しているらしい。

直がイスから立ち上がったとき、向かい側でガタンと大きな音がした。

世津が勢いよく立ち上がったので、イスが後方に引っ繰り返ってしまったのである。

「なんだ? どうしたんだよ、世津……?」

世津は返事もせず、怖い顔をしながら無言でズカズカと直に近づくと、チョコまみれの直の手を摑み、自分のもとにグイッと引き寄せた。

そして、愛しそうな目で、穴があくほどジッと見つめ続ける。

すんなり伸びた長い指。

思ったより日に焼けていない、白く細い直の指。

チョコの甘い匂いが鼻先をくすぐり、ついでに世津の食指までくすぐったようだ。

「僕が綺麗にしてあげるよ」

世津はうっとりとつぶやき、直の指をパクンと食べてしまった。

「うわっ……！」

驚いた直が、あわてて手を引っ込めようとしたが、世津にガッチリと右手首をつかまれてしまい、どうすることもできなかった。

口の中にくわえられた中指を、熱い舌がペチャペチャと舐めてくる。

直は必死に世津のその行為を止めようとした。

「舐めるなよ、そんなもん。汚いだろうがっ」

「大丈夫。僕の唾液はバイ菌じゃないから」

「ち、違うっっ！　俺の指が汚いのっ！」

「気にしなくていいよ。舐めたって死にはしないだろう」

「やめろってば、世津……っ！」

泣きそうな声が、まだなにか喚《わめ》いていたが、すでに世津の耳には届かなかった。

直の指に、すっかり夢中になっていたから――。

「今度はこっちの指を」

世津はそう言うと、直の人差し指を口の中にくわえ込み、舌先をチロチロと動かしながら、チョコの汚れを拭いとっていく。

まるでそれが直の味であるかのように、口内いっぱいに甘味が広がった。

指先をペロペロと舐め、指の根元まで丹念に舐め取ったあと、世津はふいに、直の手のひらをペロリと舐めあげた。

「あっ……！」

思わず、直の唇から甘い声が洩れた。

自分があげた声に驚いたのは、直のほうだった。

呆然とした顔で世津を見つめながら、なにかを言いたそうに、直の唇がわなわなと小さく震えている。

世津はその指を口にくわえたまま、チラリと顔を上げた。

その、瞬間――。

二人の視線が絡み合うように交差した。

「せ、世津……っ」

真っ赤になった顔も、潤んだ大きな瞳も、震える唇も……。

そして、戸惑うように自分の名前を呼ぶ、その声さえも……。

どこもかしこも、すごく美味《うま》そうに、世津には感じた。

この体は、チョコなんかより、ずっとずっと甘いだろうか。

それとも、歯を立てると、芳ばしい匂いが漂うのだろうか。

(限界だ。もう我慢ができない――!)

理性だけではなく、欲望も限界を越えてしまったのだ。

「直、おまえを食べさせてくれ」

世津は熱い息でそう言うと、直の唇に食らいついていった。

■　■　■

「やめろよ、世津……っ!」

悲鳴のような直の叫び声を無視して、世津は逃げ出そうとする体を勢いよく壁に張り付け、押さえ込んでしまった。

勢いがつきすぎて、ガツンと壁に強く自分の肘をぶつけてしまったが、興奮しているせいで痛感がマヒしているのか、まるで痛みは感じなかった。

「直……。やっと僕のものだ」

世津はうっとりと溜め息をついた。

息がかかるほど間近に、直の顔があった。

こんなに近くで直視するのは、さすがに幼馴染みでもめったにない。

高校生になってからは久しぶりで、直があのケダモノ警視と付き合いはじめてからは、なおさら久しいことだった。

だから、世津は自分を見失ってしまったのだ。

「世津……、なに考えて……んんっ——！」

熱い息が鼻にかかる。

しっとりと濡れた熱い唇が、直の唇に深く重なってきた。

いつもの落ち着いた雰囲気《ふんいき》の世津とは別人のように、貪るように激しく直を求めた。

さらに深く唇を重ねる。

強引に歯列を割って舌を侵入させ、嬲《なぶ》るように口内を這《は》い回わさせて、逃げ惑う直の舌を捜し当てる。

そして、強く吸い付き、たっぷりと唾液を送り込んだ。

「ん……んんっ……」

息苦しさに耐え切れなくなったのか、直の膝がガクンと砕け落ちた。

背中を壁にこすりつけながらズルズルと崩れ落ちていく直の体を、世津の腕がかろうじて受け止めて、両手で抱えるようにして支えた。

「世津……なんでこんな……」

「チョコもいいけど、僕はこっちのほうがいい」

「えっ？」

「直のほうが、もっと甘そうだ。僕にたっぷりとおまえを味わわせてくれ」

獲物を狙う獣のように、目をぎらつかせながらニヤリと笑う。

世津の体は飢えていたのだ。

直という甘いエサに――。

「食べてもいいよね、直を」

「ちょっと……待てってば……っ！」

「だめだよ。神谷警視に食べさせたのなら、僕にも食べさせて」

そう言って、世津は冷たい床に直の体を押し倒した。

動けないように押さえ込み、逃げ出さないように自分の体の下に組み敷いて、手早くズボンと下着を脱がせてしまった。

「他人《ひと》の制服を脱がすなよ」

強がってはいるものの、不安と羞恥心に、直の体が小刻みに震えている。

幼馴染みの行動が、未だに信じられないのかもしれない。

「やめろ、世津。俺なんか食ったって、ちっとも美味くないぞ」

直はいまにも泣きそうな顔で、必死に説得を試みようとした。

強姦されようとしているのだから、それは必死にもなるだろう。

「腹が減ってるなら、俺のぶんのチョコもやるから……っ」

世津の体を引き離そうと、覆《おお》いかぶさっている胸を両手で押し戻す。

しかし――。

意外と、優等生の腕力はなどれなかった。

勉強や将棋だけではなく、世津がスポーツも得意だったことを、直はようやく思い出すことができた。

――が、すでに遅かったようだ。

まるで漬物石のように、自分の体の上に乗っかっていた世津の体は、ちょっとやそっとじゃびくとも動かなかった。

「僕はチョコよりも直のほうがいい」

世津は律義にそう答えると、忍び込ませた手で直の内股をゆっくりと撫で上げた。

「やめ……、あっ――！」

直の体がビクンと震えた。

「触るなよ……っ」

「だめだよ。ほら、もっと足を開いて」

拒むように閉ざした足の間に自分の体を割り込ませると、世津は両手で閉じた膝を割り開くようにして、直の両足を広げていった。

股間の奥に手を差し込み、尻の狭間《はざま》をグイグイと乱暴に押し広げ、自分が犯そうとしている場所を捜し当てる。

「やだ……っ。なんで、そんなとこ……」

「ここに僕のモノを入れるんだ」

「えっ？」

その真剣な声を聞いて、直はギョッとした。

冗談などではなく、世津は本気だった。

「いくよ、直」

世津はそう言いながら、片手で器用にベルトを外すし、ズボンの前を開くと、その中から熱く猛った自分の欲望を取り出した。

硬く巨《おお》きな肉棒を内股に押し付けると、直は自分に強いられている行為をようやく知ったのか、首をプルプルと振って嫌がった。

「バカっ。そんなデカイの、入らないよ……っ！」

「ふ～ん。神谷警視のモノは、僕のモノより貧相なんだ」

「違うーっ。そりゃ、神谷さんのもかなりデカイけど……」

途中で、直はハッと気づいた。

とんでもないことを口走っている自分に気づき、あわててブンブンと首を振る。

「せ、世津……っ。おまえ、なんてモノを比べさせせんだよ」

「気になったんだから、しょうがないだろ？」

男として、恋敵として……、はっきりと勝負をつけたいところだ。

両方のモノを知っている人物に、勝負の判定を付けてもらうしかなかったのだが……、曖昧《あいまい》な直の言い方では、きっぱりと白黒を付けることは難しそうだ。

「――で、どっちなんだ？　直」

「そんなの、見ただけじゃわかんないよ」

直は自分の失言に気づいていない。

世津はしてやったりとばかりに、楽しそうに口元を緩めて笑った。

「そうだな。直の言うとおり、見るだけじゃなく、入れてみないとわからないよな」

「えっ？」

「じゃあ、僕のを入れてみようか」

世津はそう言って、まだ一度も自分が踏み込んだことのない直の小さな蕾に、熱くなった欲望の先端をゆっくりとあてがった。

「う、うそだろぉ……？」

「うそじゃない。現実だよ」

犯される恐怖に、直が体を凍りつかせた。

「やめ……、世津――っ！」

「悪いな、直。もう途中じゃ止められない」

世津は熱い息で、容赦《ようしゃ》なくそう言い切った。

このままでは傷つけてしまいそうだが、時間をかけて慣らしてやるには、自分の欲望のほうがすでに限界だったのだ。

世津は直の足を肩に抱え上げると、いきなり熱い楔《くさび》を中心に打ち込んだ。

「う……、ああ――っ！」

直がかすれた声で悲鳴をあげる。

可哀想だと思っても、世津は自分の腰を引こうとはしなかった。

反対に、勢いをつけて押し込もうとする。

「や……うっ……」

無理やり狭い入り口をこじ開け、強引に内部へと侵入していく。

――が、しかし。

世津の太い茎は、先端を少し直の中に潜り込ませただけで、激しい抵抗に合ってしまって、身動きが取れなくなった。

「このままではお互いにつらい。直、もっと力を抜いてくれ」

「痛い……これ抜いて……！」

「だめだ」

世津は容赦なくそう言った。

限界を越えた質量をくわえ込まされた直の小さな蕾が、ヒクヒクと小刻みに痙攣しはじめた。かろうじて傷ついていなかったが、これ以上は耐えられそうにない。

それでも、直の足をさらに高く抱え直すと、世津は強引にグッと腰を進めた。

中途半端のままでは、引き抜くことも容易ではなさそうだ。

それならば、同じつらさを直に味わわせてしまうくらいなら、このまま行為を続行するしかないと、そう決断した世津だった。

「く……あうっ……」

直の顔が苦しさに歪んだ。

本能的に腰が引ける。

しかし、逃げ出そうとした直の腰を押さえ込むと、世津はさらに深く楔を打ち込んだ。

「ひっ……、ああ――っ！」

直のかすれた呻き声とともに、ズブズブと淫らな恥ずかしい音を立てて、世津の欲望の証しが、ようやく根元まですべて直の中に収まった。

「もう……やだぁ……」

直の目尻から堪え切れずに涙がこぼれ落ちた。

世津が腰を動かすたびに、大粒の涙があとからあとからポロポロとあふれ出し、洪水を起こしたように、止まらなくなってしまう。

「まだだよ。僕はまだ満足していない。もっとおなかいっぱいになるまで、直……君を食べ尽くしたい」

世津は直と繋がったまま、ゆっくりと身を起こした。

直の体を抱え上げ、自分の股の上に座らせる。

体位を変えると、世津はさらに深く直の内部を貫くことができた。

「は……あっ……」

直の呼吸が激しく乱れはじめる。

世津は耐えるように震えている直の背中に手を回すと、自分のもとに引き寄せるようにして強く抱き締め、さらにガクガクと腰を激しく揺さぶった。

そのたびに、どちらのものともいえない汗が、床の上に弾け飛んでいく。

寒さも感じないほど、体も心も熱くなっていた。

二人の熱が、雪を溶かしてしまうほどに——。

「んっ……あうっ……」

鋭い剣が最奥を突く。

世津は直の中で大きく膨れ上がると、パンッと弾けるように射精した。

「直……。君は最高に美味しかったよ」

食後の感想を言うように感嘆の声をあげながら、世津はゆっくりと腰を引いた。

ズルリと嫌な音を立てて、萎《なえ》えた肉棒が中から抜け落ちる。

自分の精液と直の体液でヌラヌラと光っているそれは、あまりにもグロテスクだったのだが、それさえも愛しいと思えるほど、直の体にのめり込んでいた世津だった。

「俺は最悪だった」

いままで自分の中に入っていたものから、直はプイと顔を背けた。

ようやく解放されたのだと思うと、瞳が潤《うる》んで視界が霞《かす》んでくる。

――が、泣き顔を世津に見られたくないらしく、直は必死になって、自分の手の甲でゴシゴシと涙を拭っていた。

そんなところも可愛くて、世津の下半身が再びムクムクと起き上がってきてしまう。

「泣くなよ、直」

「ほっとけよ」

「でも……。直が泣いていると、僕が困るんだ」

困ると言われても、自分では涙を止められない。

幼馴染みからこんな不当な扱いを受けて、どうやら、怒りよりも情けなさのほうが勝ってしまったようで、悔しさに、涙が後から後からあふれ出てきてしまう。

しかし——。

それがかえって、まだ空腹を満たしきっていなかった、世津の食欲をさらにあおる結果となってしまっていたのだ。

「ごめん、直。おかわりをさせてくれ」

「えっ？」

不安そうな顔で首を傾げている直に、世津は苦笑を返した。そして、直のシャツの裾をたくしあげ、手をその中へと滑り込ませると、滑らかな肌をゆっくりと愛撫した。

若芽のような胸の突起に指が触れると、世津は我慢しきれないとばかりに、勢いよく直のシャツを脱がせてしまった。

シャツの下からきめ細やかな白い肌が露われる。

ズボンはすでに脱がされていたので、直は全裸に剝《む》かれてしまったのだ。

さすがに羞恥心を感じたのか、直の目がキッと世津を睨みつけてきた。

「もう終わったんだろ？　なんでいまさら俺を裸にするんだよっ」

胸の上を這い回っていた手を払い退けながら、直はそう怒鳴りつけた。

怒るのは当然だろう。

世津は、まだこの行為を、終わらせるつもりはなかったのだから——。

「今度は僕を味わってくれ、直」

そう言って唇を舐めた世津の赤い舌が、やけに艶めかしく見えた。

思わず直はめまいを起こして、意識を手放しそうになった。

いいや。いっそ気絶してしまったほうが、このあとのことを考えたら、楽だったかもしれない。

「どうして……」

直はそこで言葉を途切れさせた。

声に出さなくても、世津にはしっかりと伝わっていた。

どうしても、世津を拒絶しきれないことも……。

直の体の中にも、世津を待ち侘《わび》びている、甘い疼《うず》きがあることも……。

「その答えは、直だって知っているだろ」

床の上にパサリと世津のシャツが落ちた。

次々と服が脱ぎ落とされていく。

いつもきっちりと制服を着込んでいるの世津の裸体は、いつの間に鍛えたのか、いままでよりもずっと逞《たくま》しく、直の目に映って見えた。

「直……」

ロウソクの薄暗い明かりの中で、全裸の世津が熱い目で直を見下ろした。

「さあ。今度はおまえの番だ」

世津はそう言って、床に座り込んだままだった直を再び押し倒し、その直の顔をまたぐと、ゆっくりと腰を落としていった。

直の口を狙って落ちていくモノは、再び大きく膨らみはじめている。

「もっと口を開けて」

「やめ……っ」

「ほら、早く」

世津は閉ざそうとする唇を手で強引に開かせると、硬くなった自分の肉棒を、直の口内に無理やり捩《ねじ》り込んでいった。

「ん……んんっ……」

喉の奥まで突っ込まれて、直は思わず、それに歯を立ててしまった。

「―――ッ!」

噛み付かれた痛みに低く呻いて、世津はすかさず腰を引いた。

「だめだよ、噛んだら」

「そんな……俺のせいじゃないよっ」

「直はしゃぶるのが苦手なんだな。神谷警視には、してあげないの？」

「ほっとけ！」

「ふ〜ん。じゃあ、しょうがないから、僕が舐めてあげるよ」

世津はそう言って、咳き込んでいる直の体を、獣のように四つん這いに這わせた。

そして、自分は床に仰向けに寝転がると、その顔の上に直の腰を引き寄せた。

「な……に……？」

あまりにも恥ずかしい格好に、直はパニックを起こした。

これからなにをされようとしているのか、まだわかっていないようだ。

「たっぷりと、直のここを舐めてあげるからね」

世津は直の双丘の割れ目を指で広げると、さっきの乱暴な行為で赤く腫《は》れてしまった、直の小さな蕾に舌を這わせてピチャピチャと舐め上げた。

すると、世津に反応するように、蕾がピクピクと震えはじめた。

気が付けば、その強烈な刺激と快楽に、直は我を忘れて腰を振っていた。

「あ……んっ……」

甘い声が、途切れることなく唇から洩れてくる。

さっきまで世津を受け入れていた内部にまで、熱い舌を差し込むと、自分の精液の味と直の体液の味が、微妙に混じり合っていた。

「これもなかなかの味だ。美味しいよ」

「バカ……。そんなこと言うな……っ」

羞恥心に直の声が震えている。

世津は舌先で直の後ろを攻めながら、徐々に膨らみはじめた性器に指を絡ませた。

根元から先端へと指を滑らせたとたん、直の体がビクンと跳ね上がる。

手のひらに包んでゆっくり扱くと、直の分身はすぐに硬く膨れ上がっていった。

「ん……あぁ……」

「気持ちいいみたいだな。直、もう一回だけ、僕を受け入れてくれ」

世津は直の腰をつかむと、抱えるようにして体勢を逆転させた。

呼吸を乱し、意識もおぼろな体を抱き込み、ためらわずに直の中心部を貫いた。

「ひ……ああっ……！」

直は苦痛に体を強ばらせた。

世津の舌でよく慣らされていたとはいえ、圧倒的な質量で侵入してきた異物に、圧迫感と嫌悪感を覚えずにはいられなかったのだろう。

「や……、動くなってば……っ！」

「どうだい、直。僕の味は？」

世津はギリギリのところまで自分を引き抜き、再び深く根元まで埋め込んだ。

勢いがよすぎたのか、胃のほうまで突き上げてくるような感覚に、直がギュッと目を閉じて耐えている。

「直……もっと……」

苦痛に歪んだその表情も、怯《おび》えて震える長いまつげも、直のすべてが愛しくて……。

世津は腕の中に愛しい相手を深く深く抱き込んだ。

「僕のモノは最高の味だろ？　こんなに深くまで、僕を食べちゃってるんだから」

世津はうれしそうにそう言いながら、直の手を取ると、自分のモノが内部に埋まっている下腹部へと、その手を導いていった。

「僕がいるのがわかるか？」

「う……ん……」

ぷっくりと膨れた直の内部で、世津が熱く脈打っているのがわかる。

直接、手のひらに伝わってきた。

それはひどく卑猥《ひわい》で屈辱的な行為だったが、自分の手のひらに世津を感じて、いっそう熱くなってゆく自分の体を、直はどうすることもできなかった。

「は……あぁ……！」

世津の腕の中で、直の体が大きく反り返る。

直のすべてが自分の腕の中にあった。

直と重なり合うことで、世津はその全身で直を感じているのだ。

「僕のものだ。もう誰にも渡さない」

たとえ、あなたにもだ。神谷警視――！

そう世津は心の中で挑戦状を叩きつけていた。

「世津……もう……」

「直……僕も……」

世津は甘い告白をささやきながら、直の中に熱い迸《ほとばし》りを解き放った。

もう、離さない。

もう二度と、離せそうにはなかった。

## 3

寒波がようやく上空を通り過ぎていってくれたらしい。

激しく吹き荒れていた雪も止み、静寂な夜が戻ってきた。

同時に、副生徒会長としての理性も戻ってきた。

「世津《せっ》のバカ野郎――っ！」

直《すなお》の怒鳴《どな》り声が聞こえて、右手が振り下ろされた。
五、六発は覚悟していたのだが、直は一発しか手を出してこなかった。
それも、頬に……。

しかも、平手打ちで……。

こぶしを繰り出せるほど回復していなかったことに、世津は感謝すべきである。

あれも一種の吹雪《ふぶき》のようだったと、我を取り戻した世津は思った。

あまりにも自分の望みが叶いすぎて、あれもこれもすべてがぜんぶ、夢だったのではないかと、疑わずにはいられなかった。

しかし――。

泣きべそをかきながらコソコソと制服を身につけている直の姿を目にし、気持ちいいほどすっきりしている股間の解放感に気づき、どんどん疑いが薄れていく。

（ああ……。ついにやってしまったか、僕は……）

いつかはこうなる日がくるとは思っていたが、最低最悪の状況下で、その日を迎えることになろうとは……。

思わず、めまいを覚えた世津だった。

言いわけできる立場ではない。

頬を赤く腫《は》らしながら、世津は無言で爪先を睨《にら》むように俯いていた。けれど、それが返って裏目に出てしまったのかもしれない。

「ああ、そーかよ。なんにも言うことねーのかよ、世津は……っ！」

「直……？」

「言いわけぐらい聞いてやるって言ってんだよ、俺はっ」

聞き間違えではないだろうか。

ついつい自分の都合《つごう》のいいように解釈してしまい、言葉の意味を取り違えているのではないだろうか。

世津は凍りついたように身動きできなくなり、しばらく考え込んでしまった。

「さっさと考えろよ。俺は気が短いんだぞ」

やっぱり、間違いではない。

うれしさのあまり顔が真っ赤になる。

頬がポッと火照《ほて》ってくる。

目が潤《うる》んできて……、鼻がムズムズしてきて……。

「あ、あれ？」

なにか変だぞと、世津が気づいた、次の瞬間。

「ヘクショ——ン！」

と、盛大なクシャミが飛び出した。

同時に、目が覚めた。

■　■　■

「もしかして……」

目が覚めてからもしばらく、世津は夢と現実の区別がつかなかった。

夢を見るほど熟睡していたのに……、立て続けに飛び出したクシャミに、無理やり目覚めさせられてしまったようだ。

冷たい床から身を起こして、寝ぼけ顔であたりをキョロキョロと見回す。

「なんだ。やっぱり夢だったか……」

とたんに、ガックリと肩を落とした世津だった。

気が緩んだとたんに、またクシャミが飛び出す。

ついでにゴホゴホと咳まで混ざってくる。

喉がヒリヒリと痛んで、ガンガンと頭痛が襲ってくる。

完璧にカゼの症状だった。

雪まみれになったのがいけなかったのか。

それとも、床の上で居眠りしたのがまずかったのか。

「世津って、意外と軟弱だなぁ。たかが雪まみれになったくらいで」

直のその一言に、世津はひどくショックを受けた。

一気に熱が上がってしまったらしい。

へなへなと力が抜け、その場にうずくまってしまった。

「そんなとこに座ってると、寒いぞ。ちょっと待ってろ」

そう言って直はパタパタと窓際に走り寄ると、ピンクのハートマーク柄のカーテンを、グイッと引っ張って外してしまった。
良平《りょうへい》お気に入りのカーテンを腕に抱えて、直は再び世津の元へと戻ってきた。
「毛布の代わり。ちょっと柄は派手だけど、結構暖かいぜ」
ふわりと大きなカーテンが、冷えた世津の体を包み込む。
直の言うとおり、毛布の代用品としては充分な暖かさだった。
そのうえ、こうするともっと暖かいぞ、と言って直がピッタリと隣に寄り添ってきたの
だから、もう寒さなんかどこかへすっ飛んでいってしまった。
「もう少しこうして暖まってから、帰ろうぜ」
世津はコクリと頷いた。
頷いた拍子にクシャミが飛び出し、ついでにうれしくて涙も出そうになった。
夢の中でしか直を抱けないけれど……。
それはそれで、結構幸せかもしれないと、世津は思いはじめていた。

それから三日間。

直と世津が二人そろって、カゼで学校を欠席したのはいうまでもない。

# あとがき

こんにちは。はじめまして、または、お久しぶりです。成田空子《なりたくうこ》です。

このたびは『スリルはいらない!?』をお手に取っていただきまして、どうもありがとうございました。

今回の本は、スリルシリーズの第3弾になります。はじめましての皆様は、第1弾『スリルがいっぱい』、第2弾『スリルあげます!!』もどうぞよろしくお願い致します（さりげなく宣伝です〜☆）。

そして、お久しぶりの皆様、大変お待たせしてすみませんでした。やっと続編をお届けすることができ、成田としてもうれしい限りです。今回はお待たせした分、かなり二人のラブラブ度を上げてみました。神谷警視にも甘々なセリフをいっぱい言わせちゃいました（笑）。いかがでしたでしょうか?

さて。今回は、ようやくキャラも出揃い、いよいよ本編に突入――！　という直前での番外編的なストーリーになっております。閑話休題、っといったところでしょうか。これからいよいよ謎の黒幕である《彼》が登場する予定なので、嵐の前の静けさ、だったりします。……なので、前回、前々回より、直と神谷警視をイチャつかせてみました。あのマイケルまで再登場してきたので、直ってば、大ピンチですものね。しっかり神谷さんに守ってもらわないと。

ライバルといえば、ついに世津が大活躍！　彼は成田のお気に入りキャラなので、今回の番外編では主人公にしてしまいました。幼馴染みでずっとそばにいた世津の直への気持ちは、かなり純情で一途な恋心です。なにがなんでも直を奪い返そうと、神谷警視に玉砕を覚悟で立ち向かっていく、そんな健気な世津が可愛くて可哀想で……。思わず、直とHさせてあげちゃいましたよ。夢オチだけど（笑）。「頑張れ、世津。変態警視に負けるなっ！」と、健気で純情な彼をぜひ応援してやってくださいませ。

ところで、これを書いている現在は、夏の真っ只中～☆　まるっきり季節感を無視した真冬の話になってしまいました。太陽がギラギラと輝く真夏に、大雪の話や冬休み中の話で申しわけありません。作中の時間も発刊ペースもかなりゆっくりと進んでいるスリルシリーズですが、できればもうちょっとスピードアップしたいなと考えています。そして、次回こそは、もっと余裕を持って原稿を書きたいと思います（ホントか、私～☆）。

そうそう。最近、スポーツをはじめました。ソフトバレーです。運動不足とストレス解消のためだったのですが、高校を卒業してから×年も体を動かしていなかったので、筋肉痛で全身が痛くて痛くて……。体中にペタペタと湿布薬を貼りまくっていました（笑）。それでも最近はかなりマシになりましたが。気持ちは若いつもりでいても、体は正直ですね。トホホ……。

犬との散歩も毎日の日課です。我が家の愛犬ミッキーも一歳八カ月になりました。が、体重1・3キログラムと相変わらずのおチビさん。散歩も十五分で終わりだし、家の周りをグルグルと歩くだけで遠出はしません。雷や地震が苦手で、花火の音も大嫌い、すぐに『抱っこして～』と飛びついてきます。寝るときに部屋の電気を消しただけでブルブルと体を震わせている、臆病犬です。でも、可愛くて可愛くて……。相変わらず、親バカしてます～☆

さてさて。今年は『成田空子R』というペンネームで耽美系も書いていたので、久しぶりにいつものノリでスリルシリーズを書かせていただけて、とても楽しかったです（耽美もいいけど、鬼畜コメディも大好きです♪）。やっぱりスリルのキャラは書きやすいですね～。

なので、次もまたスリルシリーズを書きたいです。皆様の感想&リクエストをお待ちしておりますので、どうぞよろしくお願いします。


それでは、最後になってしまいましたが、お礼と感謝の言葉を――。

今回も可愛くて素敵なイラストを描いてくださった、明神翼《みょうじんつばさ》先生、ありがとうございました。可愛すぎる直にイチコロです～☆　そして、タバコをくわえた神谷警視に秒殺されてしまいました。ホントに最高ですっ！

担当Y様、今回も迷惑をかけてすみませんでした。見捨てられやしないかといつもヒヤヒヤしています(汗)。反省していますので、どうか呆れずに、これからもヨロシクお願いします。

そして、この本を読んでくださった皆様、どうもありがとうございました。

今回もあまり事件が絡みませんが、相変わらずな直と、相変わらずな神谷警視の、相変わらずな話を、少しでも楽しんでいただけるとうれしい限りです。

それではまた。次の本もどうかよろしく――。

成田空子

Hanamaru Bunko

作家・イラストレーターの先生方へのファンレター・感想・ご意見などは
〒101-0063 東京都千代田区神田淡路町2-2-2
白泉社花丸編集部気付でお送り下さい。
編集部へのご意見・ご希望などもお待ちしております。
白泉社のホームページはhttp://www.hakusensha.co.jpです。

白泉社花丸文庫
スリルはいらない!?

2005年9月25日 初版発行

著　者　成田空子 ©Kuuko Narita 2005
発行人　三浦修二
発行所　株式会社白泉社
〒101-0063 東京都千代田区神田淡路町2-2-2
電話 03(3526)8070(編集) 03(3526)8010(販売)
印刷・製本　株式会社廣済堂
Printed in Japan HAKUSENSHA　ISBN4-592-87441-2
定価はカバーに表示してあります。

好評発売中　花丸文庫

★白昼堂々ハイテンション・ラブ。

## スリルがいっぱい

**成田空子**　イラスト＝明神　翼　●文庫判

幼い頃は神童と呼ばれた直も、高2になった今はすっかり落ちこぼれ。そんな彼をひそかに狙う警視庁のエリート警視・神谷は、言葉巧みに内偵中のホストクラブへと直を誘い込み、そのまま…!?

★年の差カップル「直&神谷」第2弾。

## スリルあげます!!

**成田空子**　イラスト＝明神　翼　●文庫判

終業式に遅刻した上、最悪な通知表をもらってしまった直。夜の映画館で喧嘩に巻き込まれ警察に補導されてしまう。しかも身元引受人として現れた恋人?のエリート警視・神谷には無理矢理…♡